BRIGADE SUD :
LA DISPARITION

Du même auteur, dans la même série :

Brigade sud : le jeu du tueur
Brigade sud : le train fantôme
Brigade sud : crime parfait ?
Brigade sud : la chambre vide
Brigade sud : le tireur mystérieux
Brigade sud : clic mortel
Brigade sud : prise d'otage
Brigade sud : manga connexion
Brigade sud : menaces sur la ville

HEURE NOIRE

BRIGADE SUD : LA DISPARITION

JEAN-LUC LUCIANI

RAGEOT

Qui parle du bonheur a souvent les yeux tristes.
Louis Aragon

Cet ouvrage a été imprimé sur un papier
issu de forêts gérées durablement,
de sources contrôlées.

Direction artistique : Françoise Maurel.

Couverture : ©Shutterstock-StockImage.

ISBN : 978-2-7002-5223-1
ISSN : 1766-3016

1

« C'était sur une grande route...
Une route pleine de virages, des trajectoires qui dévient.
Un chemin un peu bizarre, un peu tordu, comme la vie... »

Grand Corps Malade, *Rencontres*

– Papa ! Attention !!!

C'est le cri qui le réveilla. Et leur sauva la vie.

Damien Admentis vit l'imposant rocher se découper dans la lumière des phares. Un coup de volant brutal et la voiture obliqua sur la gauche, ripant le long de la glissière de sécurité dans un crissement infernal qui semblait ne jamais vouloir cesser. Sur une centaine de mètres encore la trajectoire parut incertaine, puis le conducteur parvint à reprendre le contrôle de son véhicule.

Après une dernière embardée, il l'immobilisa enfin sur la bande d'arrêt d'urgence de l'autoroute.

– Bon sang ! Que s'est-il passé ? demanda-t-il en jetant un œil affolé dans le rétroviseur.

– Tu t'es endormi, répondit la fillette blonde qui s'y reflétait.

L'homme regarda les chiffres lumineux de l'horloge du tableau de bord. 3 h 11. Il parut surpris.

– Eh bien ma chérie, souffla-t-il, je crois qu'il est temps de faire une pause. On va rouler tranquillement jusqu'à la première station ouverte. Je vais boire un café, on ira aux toilettes et je t'achèterai des bonbons. Ça marche ?

– D'accord, du moment que tu ne t'endors plus en conduisant. Maman ne serait pas contente si…

Damien Admentis foudroya sa fille du regard.

– Laisse ta mère en dehors de cette histoire, veux-tu ! J'ai suffisamment de problèmes avec elle comme ça !

Il y eut un silence, puis l'homme perçut les pleurs. Il se retourna et, du bout du doigt, essuya doucement les larmes qui commençaient à couler.

– Je ne voulais pas te gronder, s'excusa-t-il, tu me pardonnes ?

Entre deux reniflements, la fillette hocha la tête.

– Bon, alors en route mauvaise troupe.

Il abaissa la vitre, l'air frais du dehors le maintiendrait éveillé, et il enclencha la première.

– Papa ?

– Oui…

– Pourquoi toi et maman vous ne vous aimez plus ?

– On avait dit qu'on ne parlait plus de ça, ma grande.

Le véhicule quitta la bande d'arrêt d'urgence et s'enfonça dans la nuit.

La troisième station fut la bonne. La guirlande de Noël clignotante qui ceinturait la devanture était comme une invitation à la pause. Damien Admentis souffla.

– En voilà une d'ouverte. Je commençais à me rendormir.

– Tu remontes la vitre alors ? demanda sa fille, je suis gelée.

Il s'exécuta. L'instant d'après, il immobilisait son véhicule à côté d'une pompe.

– Tu peux aller choisir tes bonbons, dit-il en souriant dans le rétroviseur. Je m'occupe du plein et je te rejoins.

La fillette ne se le fit pas dire deux fois. Dans la seconde qui suivit, la portière claqua et ses petits pas résonnèrent sur l'asphalte éclairé par les néons. Damien Admentis regarda sa fille s'éloigner vers la station.

– Je t'aime plus que tout, murmura-t-il avant de descendre à son tour de la voiture.

Tandis qu'il faisait le plein, Damien Admentis jeta un coup d'œil circulaire. Un peu en retrait, deux poids lourds stationnaient. L'un d'eux venait d'Italie ; il ne put apercevoir la plaque d'immatriculation du second. Un véhicule pénétra sur l'aire de repos et s'immobilisa tous feux éteints. Un instant plus tard, un client sortit de la station et regagna sa voiture dans laquelle une femme l'attendait. À l'arrière, un enfant dormait. Soudain, de l'essence gicla sur le pantalon d'Admentis. Il jura et relâcha la pression sur le pistolet. Frissonnant, il se dirigea vers la station qui brillait dans la nuit.

Elle était quasi déserte.

« Normal à cette heure-ci, pensa-t-il. Les honnêtes gens dorment. Il n'y a que les fous comme moi pour être dehors. »

Damien Admentis sortit quelques billets froissés de sa poche et s'approcha de la caisse.

Outtre le gérant, une femme seule, assise sur un tabouret près de la machine à café, veillait. Elle semblait attendre les premières lueurs du jour pour reprendre la route.

– Morgane, demanda-t-il à voix haute, où es-tu ?

Pas de réponse.

Fronçant les sourcils, Damien Admentis parcourut les rayonnages. Pas la moindre trace de sa fille. De plus en plus inquiet, il s'approcha de la femme.

– S'il vous plaît, madame, vous n'auriez pas vu une petite fille ?

– Quelle petite fille ? grommela la femme à moitié endormie.

Damien Admentis positionna sa main droite à hauteur de son nombril.

– Une fille de cette taille environ, elle est blonde. C'est ma fille, elle s'appelle Morgane. Elle est entrée ici il y a cinq minutes.

– J'ai vu personne.

Il se tourna vers le gérant et l'interrogea du regard. Ce dernier écarta les mains avec une moue dubitative.

Apercevant les toilettes, Damien Admentis s'y dirigea avec l'énergie du désespoir. Elles étaient vides.

Pris de panique, il se rua dehors.

– Morgane ! Morgane !

La température devait être proche de zéro. De sa bouche semblaient sortir des S.O.S. sous forme de nuages codés. Pour toute réponse il n'entendit que le cliquetis des ampoules qui brillaient un coup sur deux et le ronflement des rares voitures qui passaient au loin.

Damien Admentis sentit une boule d'angoisse se figer au creux de sa poitrine. Il se précipita à l'intérieur de la station et hurla :

– Appelez la police, vite ! Ma fille a disparu !

2

« Nettoyer ton œil de la poussière,
Enlever une épine de ton talon,
Je ne veux pas remuer la terre entière,
M'occuper de toi rien n'est si bon. »

Stephan Eicher, *Rien n'est si bon*

Il l'avait trouvée.

C'était sans doute à cause de la musique qu'elle ne l'avait pas entendu approcher. Il posa sa main sur son épaule et elle ôta les écouteurs de ses oreilles.

– Viens petite, dit-il d'un ton soulagé, ne reste pas là. Je te ramène auprès de ton père.

Elle se contenta de le suivre et, dans la minute suivante, ils firent une entrée remarquée à l'intérieur de la station-service.

– Arrêtez tout ! clama-t-il en redressant les épaules. J'ai retrouvé l'enfant ! Elle traînait derrière le bâtiment.

La plupart des policiers présents fixèrent l'arrivant en esquissant un sourire narquois. Jimenez paraissait tellement sûr de lui. La fille, elle, le regardait d'un œil amusé.

Le lieutenant Bonal poussa un soupir. C'était un type assez maigre, la pomme d'Adam proéminente et la cravate chiffonnée, sur lequel les vêtements même s'ils étaient de la meilleure coupe pendouillaient irrémédiablement. Il semblait avoir fait un effort aujourd'hui, arborant une veste à carreaux d'où jaillissait une pochette non assortie. Il hésitait entre l'envie d'éclater de rire à la figure du policier ou lui passer un savon qu'il ne risquait pas d'oublier.

– Bon, puisque vous m'y obligez, je vais faire les présentations, murmura Bonal.

Il se tourna vers l'homme qui se trouvait à ses côtés, un homme au visage large, qui le dépassait de dix bons centimètres et dont les yeux boursouflés et injectés de sang témoignaient du réveil prématuré.

– Capitaine, voici notre nouvelle affectation.

Puis revenant vers le jeune fonctionnaire :

– Stagiaire Jimenez, je vous présente le capitaine de police Gabriel Roullier. Vous êtes sous ses ordres, comme d'ailleurs tous les policiers qui se trouvent ici.

Jimenez se fendit d'un salut réglementaire.

– Et la jeune personne que vous tenez par le bras, poursuivit le lieutenant, n'est autre que sa fille. Inès Roullier.

Le teint du jeune Jimenez vira au rouge écarlate mais le capitaine lui évita de mourir de honte en déclarant :

– Vous ne pouviez pas savoir. J'ai la garde de ma fille pour les vacances de Noël, alors j'en profite un maximum.

– C'est bon, vous pouvez disposer, reprit Bonal. Retournez à la pêche aux indices.

Tandis que le stagiaire filait sans demander son reste, le capitaine se pencha vers sa fille.

– Inès, je croyais t'avoir dit de rester dans la voiture.

Inès lui servit son sourire numéro sept. Celui auquel il ne pouvait pas résister.

– J'avais besoin de me dégourdir les jambes. Imagine que ton enquête dure toute la journée. Imagine que tu m'oublies dans la voiture, imagine que...

Gabriel l'arrêta d'un geste de la main.

– Imagine aussi que j'aurais très bien pu te laisser dormir...

Le sourire commença à se transformer en grimace. Roullier préféra capituler que d'avoir à subir la mauvaise humeur de sa fille.

– C'est bon, tu peux rester. Mais à côté de moi, tu ne t'éloignes pas !

– D'accord, répondit Inès docilement, comme tu voudras.

Son père se redressa et se tourna vers le lieutenant.

– Où est-il ?

Bonal désigna la machine à café. Un homme était assis à même le sol, les yeux perdus dans le vide. Quelqu'un avait posé une couverture sur ses épaules. Malgré cela, il grelottait par intermittence.

– Allons-y !

Tout en faisant signe à sa fille de le suivre, Roullier lui demanda :

– Qu'est-ce qu'il y a dans ta machine infernale ?

– Ce n'est pas une machine infernale, répondit Inès, c'est un lecteur MP3. On peut y stocker plus de mille chansons.

– Mille chansons ? Tant que ça, c'est ridicule ! Avec vingt bonnes chansons, on peut tenir une vie entière.

Inès leva les yeux au ciel. Elle adorait son père, mais parfois son côté vieux jeu l'exaspérait vraiment.

– Ce que je voulais dire, poursuivit ce dernier conscient d'avoir gaffé, c'est quel style de musique tu écoutes ?

– Un peu de tout. C'est une copine du collège qui m'a téléchargé les morceaux. Il y a du Grand Corps Malade, du Cali, du Noir Désir, des trucs dans ce genre...

Le capitaine pensa qu'il ne connaissait aucun de ces chanteurs.

– On écoute ça à treize ans ?

– Papa...

– Et tu diras à ta copine que c'est illégal de télécharger de la musique.

– Papa !

Roullier leva les mains en guise de reddition.

– OK, OK, j'arrête. En attendant mets tes écouteurs, la discussion qui va suivre ne te regarde pas.

Inès s'exécuta en oubliant seulement de monter le volume.

Son père arriva à la hauteur de l'homme à la couverture.

– Monsieur Admentis ?

L'homme leva la tête lentement. Il ressemblait à un boxeur KO.

– Capitaine de police Gabriel Roullier, je suis chargé de l'enquête concernant la disparition de votre fille. Je vous offre un café ?

Damien Admentis se releva péniblement. Il tendit la main droite vers le capitaine. Elle tremblait.

– Non merci, c'est au moins le dixième café que je bois. Un de plus et je risque d'imploser.

Roullier esquissa un sourire.

– Je n'insiste pas.

Le capitaine glissa une pièce dans la fente de l'appareil.

– Je vais en prendre un si vous le permettez. La journée risque d'être longue…

L'homme ne répondit pas. Son regard était fixé sur Inès. Il la détaillait des pieds à la tête, éberlué.

– C'est ma fille, précisa Roullier en trempant ses lèvres dans le nectar brûlant. Sa mère et moi, on est séparés et j'ai sa garde pour les vacances. Inès est arrivée hier soir et je n'ai pas pu me résigner à la laisser seule chez moi. Si sa présence vous dérange…

Damien Admentis secoua la tête de gauche à droite.

– Non, pas du tout. C'est juste que les filles changent tellement lorsqu'elles grandissent, et que je ne verrai peut-être plus jamais la mienne…

Il éclata en sanglots.

Roullier sortit un mouchoir de la poche de son pantalon et le lui tendit. Inès fut stupéfaite de constater que son père continuait à utiliser des mouchoirs en tissu alors que le reste de la planète se servait de mouchoirs jetables. Lamentable.

– Merci, fit le père de Morgane en se mouchant.

– De rien, répondit Roullier. Vous pouvez le garder.

Puis il sortit un calepin de son blouson de cuir.

– Bien, dit-il en terminant son café, reprenons depuis le début si vous le voulez bien.

3

« Si je reprends tout depuis le début,
Pour résoudre le problème
De cette équation à deux inconnues,
Suffit de savoir qu'ils s'aiment. »

Zazie, *La preuve par trois*

Les locaux de la brigade offraient une vue idéale sur le Vieux-Port qu'enviaient bon nombre de leurs collègues coincés dans d'obscurs commissariats de quartier. À l'heure où le soleil commençait à poindre, le spectacle sous leurs yeux était d'une beauté saisissante. Mais insuffisante pour faire oublier au capitaine sa mission première.

Roullier ordonna d'un simple regard à sa fille de rester discrète. Elle reçut le message cinq sur cinq et se cala dans un coin de la pièce, les écouteurs dans les oreilles.

L'instant était crucial. Les hommes de la brigade sud s'étaient entassés dans le petit bureau de Roullier, attendant le début de la réunion. Inès se dit qu'ils ressemblaient à des anchois dans une boîte de conserve. Son père lui avait expliqué un soir que ce rituel servait surtout à les rassembler, à leur donner le sentiment d'appartenir à un même groupe, une même famille.

La réunion ayant resserré les liens, chacun donnait ensuite le meilleur de lui-même avec un objectif commun : résoudre l'affaire qui leur avait été confiée. Le plus rapidement possible. Tout le monde ici savait que plus le temps passait, plus les chances de retrouver la fillette vivante s'amenuisaient.

– Lorsque l'on reconnaît l'odeur de sueur du voisin, avait-il l'habitude de dire, c'est qu'on n'est déjà plus des étrangers l'un pour l'autre.

Inès n'était pas sûre de bien saisir ce que voulait dire son père, mais elle était certaine qu'il avait raison.

Enfin la porte se referma sur le dernier arrivant et le capitaine Roullier prit la parole. Il parlait sans trémolo dans la voix, en homme habitué à diriger les autres.

– Bonjour à tous. Je vous ai réunis ce matin pour faire le point sur la disparition de la petite Morgane Admentis. Juste un mot avant de laisser la parole au lieutenant Bonal. Vous le savez tous, une convention « alerte-enlèvement » a été passée avec les médias. L'information va donc être très vite connue du grand public...

Silence. Les policiers comprenaient ce que cela signifiait.

– Aussi je vous demanderai de mettre le paquet sur cette affaire. À ce jour, elle est prioritaire ! L'idéal serait que nous retrouvions l'enfant dans les heures qui viennent.

Puis Gabriel Roullier se tourna vers Bonal. Le lieutenant s'éclaircit la voix avant de s'adresser aux hommes.

– Voici en résumé ce que nous savons. Dans la nuit du 19 au 20 décembre, aux alentours de 3 h 30 du matin, Damien Admentis s'est arrêté pour prendre de l'essence dans une station située sur l'autoroute, à une quarantaine de kilomètres de la sortie est de la ville. Pendant que son père faisait le plein, sa fille Morgane âgée de neuf ans s'est dirigée vers la station pour y acheter des bonbons. Elle n'y est jamais parvenue. Une femme qui se trouvait à l'intérieur ne l'a pas vue entrer. Nous avons visionné les bandes de vidéosurveillance intérieure que nous a confiées le gérant. À aucun moment, la fillette ne pénètre dans la boutique.

Une voix s'éleva.

– C'est donc qu'elle a été enlevée à l'extérieur.

Les hommes ricanèrent.

– Bien vu stagiaire Jimenez, sourit Bonal, nous sommes en train de visionner les bandes de vidéo extérieure, mais les objectifs des caméras sont surtout centrés sur les véhicules. Afin d'identifier les mauvais payeurs…

Roullier décida de reprendre la main. Il désigna deux brigadiers sur sa gauche.

– D'après le père de la petite, il y avait deux poids lourds et une voiture occupée par un couple avec un enfant sur l'aire de la station-service. Garnier et Lacroix, vous vous occuperez de retrouver leur trace.

Les deux hommes opinèrent d'un mouvement de tête synchrone. Ils avaient à peu près la même carrure, la même façon d'occuper l'espace. Ils faisaient équipe depuis plus de dix ans et leur complicité se lisait jusque dans leurs manières. C'étaient des râleurs, lents à se mouvoir mais impossibles à contenir une fois lancés.

– Aucun indice n'a été découvert aux abords de la station, poursuivit le lieutenant Bonal. Une équipe est sur les lieux et poursuit les recherches…

Le capitaine lui coupa à nouveau sèchement la parole. Il ne voulait en aucun cas que le découragement gagne ses troupes.

– Bon les gars, vous êtes prêts pour une séance de brainstorming ? Allez-y, balancez tout ce qui vous passe par la tête !

Nullement vexé, Bonal réagit au quart de tour. Il s'empara d'un marqueur et se dirigea vers le tableau Velleda. Les questions fusèrent.

– Pourquoi Admentis se baladait-il à une heure pareille avec sa fille ?

– Qui est la femme qui était dans la station ?

– Des enlèvements similaires sont-ils répertoriés dans notre base de données ?

– Où se trouve la mère de Morgane ?

– Est-ce qu'on met la ligne téléphonique du père sur écoute ?

– La petite avait-elle un téléphone portable ?

– Faut-il s'attendre à une demande de rançon ?

– Doit-on s'orienter vers une fugue ?

La valse des questions se poursuivit, le temps pour le lieutenant de couvrir le tableau blanc. Puis, sentant la source se tarir, le capitaine Roullier tapa dans ses mains.

– Très bien messieurs, je vous remercie. Nous allons voir ce que l'on peut tirer de tout ça. Je ne vous retiens plus. Ne perdons pas de temps !

Le bureau se vida en un clin d'œil. Roullier se retrouva seul, légèrement désorienté.

Il se tourna vers sa fille.

– Et toi, tu n'aurais pas une petite idée par hasard ?

Inès fit mine de ne rien entendre.

Gabriel força à peine son sourire.

– Arrête un peu ton cinéma. Je sais très bien que le son de ton MP3 est à zéro. Tu as tout entendu depuis le début. Tu oublies que je suis flic ou quoi ?

Inès se maudit d'avoir négligé ce détail qui n'en était pas un. Rien en effet n'échappait au regard d'aigle de son père. Son métier était une véritable passion. Gabriel Roullier aimait plus que tout dérouler le fil d'une enquête, traquer les suspects, les confondre et le moment venu leur passer les bracelets d'acier. La mère d'Inès lui avait assez reproché ses horaires élastiques lorsqu'ils vivaient ensemble.

Sa fille ôta ses écouteurs en maugréant.

– Que veux-tu au juste ?

– Je ne sais pas trop, répondit Gabriel. Une idée de génie qui nous mettrait sur une piste…

Un sourire malin se dessina sur le visage de sa fille.

– Et si c'était un coup des extraterrestres ?

4

« J'étais toi, j'étais elle et j'étais moi,
Et à moi seule, j'étais nous trois...
T'as fait de moi une fille sans père,
Aigrie d'avoir vécu dans un couple en guerre. »

Diam's, *Daddy*

Gabriel Roullier passa la matinée à répartir les tâches et à coordonner les actions des équipes sur le terrain. Quelque chose cependant le chiffonnait, un point important lui échappait mais il ne parvenait pas à mettre le doigt dessus. Roullier comprit à cet instant qu'il ne parviendrait à retrouver la paix intérieure qu'une fois la fillette rendue à son père.

Une main lui tapota l'épaule et le ramena soudain à la réalité.

– Hum, c'est pas que je m'ennuie mais j'ai fait le tour de mes chansons...

Sa fille se tenait près de lui, les bras rivés dans le dos et la tête penchée sur le côté, un sourire coincé au bord des lèvres.

– Heureusement qu'on m'en a téléchargé plus d'une centaine. Ce n'est pas avec ta vingtaine de bonnes chansons que j'aurais pu tenir la matinée entière.

Gabriel préféra ignorer la remarque perfide et se concentra sur la grosse horloge murale. Midi était passé depuis longtemps. Compte tenu qu'ils étaient debout depuis quatre heures du matin, Inès devait être affamée.

– Allez viens, dit-il en se levant, je t'emmène manger dehors.

Dix minutes plus tard, chaudement emmitouflés, ils descendaient l'avenue menant au port en humant l'air marin et en écoutant les cris des mouettes rendues nerveuses par la mer houleuse. Un mistral glacial tentait de les réduire à l'état d'Esquimaux.

Forçant le pas, ils croisèrent un père Noël de pacotille accompagné d'un photographe qui tentait d'appâter les clients.

– On se fait une Polaroïd razzia ? demanda Inès.

Gabriel fit la grimace.

– J'ai pas la tête à ça aujourd'hui. Mais je te promets que sitôt l'enquête résolue tu l'auras ta Polaroïd razzia.

Inès tendit sa main à plat et son père y claqua la sienne.

– Cochon qui se dédit ! rigola Inès.

Un soupçon de givre pointait sur le bout du nez de Gabriel, il était plus que temps de trouver refuge dans un endroit chauffé. Le capitaine avait repéré depuis un moment déjà un nouveau restaurant, c'était l'occasion rêvée pour tester sa cuisine.

– Ça te dit un resto italien ?

– Et pourquoi pas un Mac Do ?

Inès avait tenté sa chance, mais elle connaissait par avance la réponse de son père.

Gabriel, fidèle à lui-même, ne la déçut pas.

– Hors de question ! Je te parle saveur, senteur, ambiance. Et toi tu me réponds mauvaise digestion, graisse, sodas hyper sucrés !

– Bon, puisque je n'ai pas le choix, va pour le resto italien.

Son père retrouva aussitôt le sourire.

– Super ! Viens, c'est par là.

Ils traversèrent la rue en dérapant sur les plaques de verglas. Sur le trottoir d'en face, une femme enlevait la bâche qui protégeait les chevaux de bois d'un manège à l'ancienne et Gabriel se dit que les mômes devaient les adorer.

– Si tu veux, après on repasse par ici et je te paie un tour ou deux.

– Papa, souffla Inès, j'ai passé l'âge de faire du manège.

Gabriel n'insista pas. Les enfants d'aujourd'hui n'étaient plus des enfants. Ils n'aimaient pas les manèges et passaient leur vie un MP3 collé aux oreilles.

– Elles parlent de quoi au fait tes chansons ?

– D'amour. Et d'autres choses…

– On s'intéresse déjà à l'amour à ton âge ?

Inès ne répondit pas, mais la mimique qui suivit la question en disait long sur l'état de ringardise avancée dans lequel elle tenait son père.

– Papa ?

– Oui ?

– Tu crois que vous allez retrouver Morgane ?

– Je l'espère, je l'espère de tout mon cœur.

Ils aspirèrent tous deux une grande bouffée d'oxygène venue du large.

– Qu'est-ce que tu ferais si c'était moi qu'on enlevait ?

Gabriel serra sa fille contre lui.

– Cela n'arrivera jamais, ma chérie.

– Pourquoi ? insista Inès.

– Parce qu'on n'enlève pas les enfants de policiers. Ce genre de choses n'arrive qu'à la télé, dans les séries américaines. Et encore, les mauvaises !

– En tout cas, moi c'est le genre de séries que j'aime.

Le dialogue prenait un tour qui ne plaisait guère à Gabriel. Il ne désirait pas une nouvelle partie de bras de fer avec sa fille. Il préféra orienter la discussion dans une tout autre direction.

– À part ça, tu as pensé à ton cadeau de Noël ?

Inès parut étonnée.

– Comment ça ? Tu veux dire que tu ne l'as toujours pas acheté ?

Gabriel se demanda pourquoi les conversations avec Inès tenaient plus du combat de catch que de l'agréable moment partagé. À nouveau, il dut changer de cap.

– Je meurs de faim. Et toi ?

– Tu crois qu'ils font des hamburgers dans ton resto italien ?

Gabriel souffla, Inès l'épuisait.

– Tu vas pouvoir leur poser la question toi-même, nous sommes arrivés.

Un immense sapin enguirlandé d'ampoules multicolores se dressait devant l'établissement. Le capitaine Roullier fixa la petite ampoule rouge au sommet. Il se dit qu'il devait lui ressembler. Il ne brillait qu'une fois sur deux. Bon avec ses hommes, plutôt nul avec sa fille.

Il poussa la porte du restaurant et Inès grelottante bondit à l'intérieur. Un serveur stylé s'avança à leur rencontre.

– Si ces messieurs-dames veulent bien se donner la peine…

Inès se tourna vers son père en pouffant.

– Wouah ! C'est la classe ici !

Gabriel régula son rythme cardiaque comme il avait appris à le faire à l'école de police. Une hyper ventilation soutenue qui lui permettait de se contenir et de ne pas exploser en public. Son caractère sanguin lui avait dans le passé joué de mauvais tours, mais ses débordements n'étaient désormais plus à l'ordre du jour.

– Tu sais quoi Inès ?

– Non ?

– Parfois je me demande si je ne te préfère pas lorsque tu as tes écouteurs dans les oreilles, que tu t'isoles du monde extérieur et que tu refuses de me parler !

5

« Je crois que je ne t'aime plus,
Elle m'a dit ça hier,
Ça a claqué dans l'air comme un coup de revolver. »

Cali, *Elle m'a dit*

Lorsqu'ils revinrent à la brigade, Mélaine Jacobi se proposa pour emmener Inès faire un tour aux archives. Roullier accepta sans se faire prier. Ce moment de répit lui procurerait le plus grand bien.

Resté seul, il consulta sa boîte aux lettres électronique et signa une série de procès-verbaux que lui apporta le fonctionnaire de service au dépôt des plaintes. En se rendant à la salle de l'audiovisuel, il constata que ses adjoints n'avaient pas perdu de temps. Sur tous les murs s'étalait la photographie agrandie de la petite Morgane Admentis. Aucun policier ne pouvait se déplacer sans voir son visage. C'était une méthode spécifique à la brigade. Ne pas perdre de vue l'objectif, s'en imprégner, vivre avec...

Certains fonctionnaires, au début, s'étaient moqués de ses procédés mais lorsque les résultats avaient suivi et que le ministre de l'Intérieur en personne s'était déplacé pour les féliciter, plus personne n'avait songé à critiquer le capitaine Roullier.

– Alors, qu'est-ce que ça donne ? demanda-t-il avec gourmandise.

Garnier et Lacroix entouraient Sonia Bahroune, la technicienne, qui travaillait les yeux rivés à son écran d'ordinateur. Elle portait comme à son habitude un pull à col roulé rouge pâle, sous un blouson court en cuir froissé d'imitation militaire.

– On avance, patron, répondit Lacroix en désignant la jeune femme. Sonia a déjà réussi à identifier la plaque d'immatriculation d'un des deux camions. Le père de la petite avait raison, le camion vient d'Italie. On a transmis son numéro aux douanes.

– Pour le deuxième semi-remorque, poursuivit la technicienne, aucun angle de vue ne permet de voir ses plaques. Par contre...

Elle mit en marche la bande de vidéosurveillance extérieure de la station-service et la stoppa au moment où un camion s'éloignait.

– Sur la bâche, on aperçoit clairement les premières lettres de l'entreprise de transport. MILEA… Je vais procéder à une recherche sur Internet.

– Bien, bien.

– En ce qui concerne le couple avec l'enfant, je crois qu'on fait fausse route.

Sonia lança une nouvelle séquence d'images, l'arrêta puis zooma sur la vitre arrière d'un véhicule.

– Vous voyez, c'est un garçon dans la voiture. Pas une fille.

Roullier se pencha vers l'écran et constata qu'elle avait raison. Mais son travail à lui consistait à veiller à ce qu'aucune piste ne soit négligée.

– Identifiez-les quand même ! ordonna-t-il. J'aimerais en savoir plus sur ce couple.

– OK patron, on s'en occupe.

À cet instant, Garnier désigna un autre écran.

– Venez voir par là capitaine, on a une surprise pour vous.

Intrigué, Roullier s'approcha.

– À l'aide des vidéos de la station-service, on a reconstitué la chronologie des événements. Ça a été un peu galère, mais Dieu était avec nous.

Roullier s'était toujours demandé ce qui avait valu à la technicienne ce surnom flatteur. Était-ce parce que Sonia était une véritable magicienne du son et de l'image, capable d'identifier la marque d'une voiture rien qu'à l'écoute du bruit du moteur ou bien encore de reconstituer le visage actuel d'une personne disparue depuis plus de dix ans ?

Ou bien parce que étant issue d'une famille nombreuse habitant dans l'une des cités les plus délabrées des quartiers Nord, le fait qu'elle soit parvenue jusqu'à ce poste relevait du pur miracle ?

– Attention, je lance la séquence…

Garnier tourna une molette située au centre de la table de montage.

– C'est parti, commenta le policier. 3 h 37, voici la voiture d'Admentis qui pénètre sur l'aire. Là, regardez ! Morgane descend du véhicule et se dirige vers la station. 3 h 39, elle passe devant la voiture du couple à l'enfant. C'est la dernière image que nous avons d'elle. Il y a un angle mort d'environ trois mètres juste à l'entrée de la station. Aucune caméra ne balaie cette zone. Et comme la petite n'est jamais parvenue à l'intérieur…

Roullier comprit ce que cela signifiait.

– C'est à cet endroit que la fillette a été enlevée. Jimenez avait vu juste.

Les policiers éclatèrent de rire.

– 3 h 40, la voiture du couple quitte l'aire. 3 h 42, Admentis entre dans l'établissement pour régler son plein d'essence. Le voici qui en ressort une minute plus tard complètement affolé, il cherche sa fille dehors et pour finir revient dans la station. Nous avons reçu l'appel de détresse au PC à 3 h 45.

– Je voudrais entendre l'appel, se contenta de dire Roullier.

Garnier mit l'image sur pause et enclencha un magnétophone. La voix d'une femme d'âge mûr résonna dans la pièce.

– *Police secours, j'écoute.*

– *Bonjour madame. C'est pour vous signaler un enlèvement !*

– *De quoi s'agit-il au juste monsieur ?*

– *Eh bien, une petite fille...*

Le capitaine fit un signe et Garnier arrêta l'appareil.

– Je ne reconnais pas la voix d'Admentis.

– C'est le gérant qui a passé l'appel. Le père était trop affolé pour ça.

Le capitaine sentit à nouveau qu'un point important venait de lui échapper. Il était là, tout près, mais pour finir son esprit se mit à vagabonder dans le vide.

– Vous enquêterez sur le gérant de la station. Comment s'appelle-t-il déjà ?

La réponse vint dans son dos. Lacroix était réputé pour sa mémoire d'éléphant.

– Frédéric Clément.

Roullier approuva d'un signe de la tête.

– Bien, revenons aux images.

Garnier fit pivoter la molette sur la droite.

– 3h59, le camion italien démarre et quitte la zone. Dix minutes plus tard, c'est au tour de l'autre semi-remorque de s'en aller. 4h20, le premier véhicule de police arrive…

– Vous avez fait du bon boulot, les félicita Roullier.

Inès lui avait dit un jour que les gars de sa brigade avaient avec lui les mêmes rapports que les élèves de sa classe avec leur prof principal. Roullier pensa que sa fille avait diablement raison.

Garnier cligna de l'œil en direction de la technicienne.

– Attendez d'avoir tout vu, dit-il en souriant, Sonia nous a déniché une perle.

Le capitaine se pencha en avant.

– Montrez-moi ça.

– Regardez bien au fond de l'image, là ! précisa Garnier. Une autre voiture arrive sur la zone, une minute environ après celle d'Admentis. Visiblement le conducteur ne veut pas qu'on le remarque, ses feux de position sont éteints et il se gare à l'écart. À aucun moment, il ne sortira du véhicule.

Garnier accentua la pression sur la mollette et la bande défila en mode rapide.

– Le plus intéressant, c'est qu'il ne bouge pas jusqu'à l'arrivée du premier véhicule de police. Regardez, il quitte l'aire de stationnement à 4 h 19, les sirènes ont dû le faire fuir…

– Génial ! s'exclama Roullier.

Puis se tournant vers Sonia :

– Vous croyez qu'on peut avoir sa plaque minéralogique ?

Cette dernière fit la grimace.

– Ça risque d'être compliqué. Dès que je l'agrandis, l'image pixelise à mort. Mais je vais tenter le coup avec un nouveau programme que j'ai mis au point…

– Bon, faites vite. C'est peut-être là que se trouve la clé de l'affaire.

À cet instant la porte s'ouvrit. Mélaine Jacobi ramenait Inès.

– Alors, comment s'est-elle comportée ? la questionna Roullier.

– Un véritable amour, répondit-elle en s'éloignant.

Il se demanda un instant si la policière était sincère ou si elle était dotée d'un grand sens de l'humour.

À son tour, Bonal fit son apparition.

– Capitaine, Viviane Sauvage vous attend dans votre bureau…

À ces mots, Inès commença à sautiller dans tous les sens. Puis, elle hurla à pleins poumons :

– Viviane Sauvage est ici ? LA Viviane Sauvage ?!

Gabriel la saisit par les épaules et la força à se calmer.

– Tu la connais ? lui demanda-t-il après que sa fille eut consenti à stopper sa danse improvisée.

– C'est la vedette du feuilleton *Plus riche ainsi*. Ça passe tous les soirs sur la trois.

– Connais pas.

– Papa, tout le monde connaît ce feuilleton.

Gabriel se tourna vers les trois autres policiers.

– Ma femme adore, annonça Garnier.

– Mes filles m'obligent à le regarder, rigola Lacroix.

– Pas question que je rate un épisode, renchérit Sonia, un de mes frères bosse comme décorateur sur la série.

Gabriel se demanda pourquoi il ne faisait jamais rien comme les autres. Il fit signe au lieutenant.

– Je vous confie ma fille. Je n'ai pas besoin d'une fan surexcitée à mes côtés pour mener un interrogatoire.

– Papa !

Mais déjà Gabriel quittait la pièce et se dirigeait d'un pas ferme vers son bureau.

Viviane Sauvage se tenait au centre de la pièce. C'était une très belle femme vêtue avec élégance, elle dégageait une classe surannée. Roullier tomba aussitôt sous le charme. Lorsqu'elle l'aperçut, elle s'avança vers lui.

– Monsieur l'inspecteur, pouvez-vous me dire où se trouve ma fille ?!

– Calmez-vous, répondit Roullier, une chose après l'autre si vous le voulez bien.

Il désigna un fauteuil et la mère de Morgane s'y installa, croisant les jambes avec classe. Elle prit un étui à cigarettes dans son sac à main.

– On peut fumer ici ?

Tandis qu'il prenait place derrière son bureau, le capitaine désigna le panneau marqué d'une cigarette barrée d'une croix rouge. Faisant mine de ne pas avoir remarqué l'avertissement, elle sortit un briquet de son sac.

– Commençons par le début, dit Roullier. Votre nom ?

– Admentis.

– Prénom ?

– Cécile.

– Pourquoi vous faites-vous appeler Viviane Sauvage ?

– C'est mon nom d'actrice, inspecteur. Ça fait plus américain, plus showbiz…

– Votre date et votre lieu de naissance ?

– 23 mai 1976 à Toulouse.

– Votre profession ?

– Je vous l'ai déjà dit. Je suis comédienne.

Roullier eut un moment d'hésitation, il soupira puis il tendit une feuille blanche accompagnée d'un stylo à Viviane Sauvage.

– Que voulez-vous que j'en fasse ? s'étonna-t-elle. Vous voulez que je remplisse une déclaration sur l'honneur ?

Le capitaine Roullier baissa la tête, rouge de confusion.

– Je voudrais juste un autographe, pour ma fille. Inès…

6

« Entre rire et larmes,
J'ai perdu mon âme,
À vos jeux de dames
Et de rois… »

Henri Salvador, *Le fou de la reine*

– Au secours ! Au secours ! Laissez-moi sortir !

Elle savait que c'était inutile, mais elle ne pouvait s'empêcher de hurler sa détresse. À chaque fois, ses cris lui revenaient en pleine figure et elle devait se boucher les oreilles pour ne pas devenir folle. Des heures maintenant qu'elle appelait à l'aide, qu'elle tambourinait contre les parois mais sa prison demeurait close.

Ce que Morgane redoutait le plus, c'était le noir. L'obscurité profonde dans laquelle l'avait enfermée son ravisseur la terrorisait. Rien à voir avec la pénombre de sa chambre. Chez elle, il y avait toujours une lueur qui parvenait à percer, et si parfois la nuit était trop oppressante, on laissait une veilleuse éclairée et les démons, les loups, les fantômes ou les diables n'avaient plus de raison d'être.

Mais ici, la nuit était totale. Sans lune au-dehors, sans lumière pour se glisser sous la porte, sans lampe de chevet à portée de main.

De fait, le moindre bruit devenait suspect. Et l'imagination de la fillette galopait à la vitesse d'un cheval fou. Des rats se tenaient tapis tout près d'elle, attendant de venir lui grignoter le bout des pieds. Des araignées velues tissaient leurs toiles au-dessus de sa tête et pondaient leurs œufs dans ses cheveux. Des elfes malfaisants aux doigts crochus l'observaient, la bave dégoulinant de leur bouche tordue. Plus le temps passait, plus les monstres grossissaient, se rapprochaient d'elle.

– Au secours ! Il y a quelqu'un ? Répondez…

À force de crier, sa gorge était irritée et chaque appel accroissait sa douleur. Remontant les jambes contre sa poitrine, Morgane éclata en sanglots. Elle se dit qu'il s'agissait forcément d'un mauvais rêve. Qu'elle allait se réveiller et se retrouver allongée sur la banquette arrière de la voiture de son père. Elle ferma les yeux, attendit un moment, mais lorsqu'elle les rouvrit, le cauchemar était toujours présent.

Soudain, elle eut du mal à respirer. Ne pas paniquer, se calmer... Morgane se rappela les conseils que son institutrice lui prodiguait à la piscine.

– C'est le cerveau qui commande, avait-elle l'habitude de dire, si tu ne contrôles plus tes pensées alors tu ne contrôles plus ton corps.

Morgane écoutait attentivement et tentait ensuite de mettre en pratique les précieux conseils. Lorsqu'elle buvait la tasse, elle évitait de se débattre dans tous les sens, dilapidant ainsi le peu de force qui lui restait. Elle regagnait tranquillement le bord le plus proche et attendait de retrouver son souffle avant de se lancer dans une nouvelle longueur de bassin.

Mais aujourd'hui c'était différent. Elle avait beau suivre les directives de sa maîtresse à la lettre, rien n'y faisait. L'air commençait vraiment à manquer.

La fillette prit conscience qu'elle allait très certainement mourir là, oubliée de tous. Regroupant ses dernières forces, elle se redressa et se mit à tambouriner désespérément contre les parois métalliques.

Et le miracle eut lieu.

Une trappe s'ouvrit et les deux choses qui lui faisaient le plus défaut à cet instant, l'air et la lumière, vinrent à sa rencontre.

Éblouie, elle masqua ses yeux d'une main tremblante, le temps de s'habituer à la lueur du jour. Entre ses larmes, Morgane perçut une silhouette qui descendait le long d'une échelle et s'avançait d'un pas hésitant vers le recoin où elle s'était réfugiée. Arrivée près d'elle, l'ombre passa sa main dans ses cheveux.

– Ne pleure plus ma chérie, dit enfin une voix grave, papa est là !

7

« Attends-toi, à ce que je me traîne
À tes pieds, Laura, j'ai constaté que même
Un silence de toi, pouvait pousser mon rire à mourir. »
Noir Désir, *L'appartement*

La réunion du soir à la brigade n'avait rien apporté de nouveau. L'enquête suivait son cours. Roullier avait conseillé à ses hommes de rentrer directement chez eux et de prendre un repos bien mérité. La journée du lendemain s'annonçait longue et difficile.

Il se débattait avec un rôti trop cuit lorsqu'Inès fit son apparition dans la cuisine, le téléphone à la main.

– C'est maman, dit-elle simplement, elle veut te parler.

Il pesta. Pas à cause du coup de fil, mais parce qu'il avait les mains pleines de gras.

– Bonsoir Sarah, j'ai pas trop le temps de te parler. Je suis très occupé.

– Ça prendra trente secondes Gabriel, je veux juste savoir si ce qu'Inès vient de me dire est vrai.

Le capitaine chercha une chaise du regard.

– J'en sais rien. Qu'est-ce qu'elle t'a raconté ?

– Que tu travailles tout le temps et que tu la traînes avec toi au commissariat...

Roullier se demanda pourquoi la vie était si compliquée. Et pourquoi elle ne lui accordait pas des plages de répit de temps en temps.

– C'est-à-dire qu'on a eu un imprévu à la brigade et...

– Gabriel, tu m'avais promis de prendre ta semaine de congé !

Roullier raccrocha sans un mot de plus. Puis il alla retrouver Inès qui regardait la télévision vautrée sur le tapis du salon.

– La prochaine fois que tu appelles ta mère sans m'en parler auparavant, remarqua-t-il, je te suspends au sommet du sapin. À la place de l'étoile.

Il ne sut jamais si sa fille l'avait entendu. Ses yeux étaient rivés à l'écran et plus rien d'autre ne semblait compter pour elle. Gabriel s'assit à ses côtés.

– Qu'est-ce que tu regardes ?

– *Plus riche ainsi*.

– Qu'est-ce que tu racontes ?

– Tu me demandes ce que je regarde, alors moi je te dis *Plus riche ainsi*. Tu te rappelles ? Le feuilleton dans lequel joue Viviane Sauvage.

Gabriel parut soudain très intéressé.

– Tu me résumes les épisodes précédents ?

Inès fit la grimace.

– Ça risque d'être long vu qu'aujourd'hui c'est le cent trente-neuvième...

– Ah... Et on va voir Viviane dans cet épisode ?

– Ça sera difficile vu qu'elle est partie pour Rio de Janeiro à la recherche de l'homme qui l'a escroquée, un ancien flic toxicomane qui menaçait de révéler le passé nazi de son grand-père. C'est son frère qui l'a mise sur sa piste. En fait, elle ne le sait pas encore, mais l'escroc est déjà mort. Il a été tué par un homme politique corrompu qui est son demi-frère...

Le téléphone sonna, mettant fin à son résumé délirant. Mais, sous le regard étonné d'Inès, Gabriel ne bougea pas.

– Papa, le téléphone s'agite.

– J'ai entendu.

– Tu ne réponds pas ?

– Je sais qui c'est.

– C'est qui ?

– Ta mère.

– Tu ne veux pas lui parler ?

– Elle a horreur qu'on lui raccroche au nez. Je risque de passer un mauvais moment.

Pour ne plus entendre la sonnerie, Inès glissa les écouteurs de son lecteur MP3 dans les oreilles. Gabriel se dit que les jeunes d'aujourd'hui pouvaient regarder la télé tout en écoutant de la musique. Il se demanda ce qu'ils pouvaient faire d'autre en même temps. Manger de la main gauche et envoyer un texto de la droite ? Gabriel en arriva à la conclusion que les enfants du XXIe siècle étaient des mutants.

Cela lui rappela l'entrevue avec la mère de la petite Morgane. La façon dont elle avait dédaigné la feuille de papier qu'il lui tendait et la façon dont, professionnelle jusqu'au bout des ongles, elle avait sorti de son sac à main une photographie de studio. Elle avait noté « Pour Inès, en toute amitié » et avait signé d'une écriture nerveuse. L'entrevue n'avait duré qu'une dizaine de minutes, jusqu'à ce que le portable de Viviane Sauvage se mette à jouer un air à la mode.

– Désolée, avait-elle déclaré en se levant, une séance photos qui ne peut attendre. J'espère vous revoir très bientôt, inspecteur !

Roullier avait failli lui expliquer que les inspecteurs n'évoluaient que dans les feuilletons américains mais il s'était ravisé. Il s'était contenté de la regarder traverser le commissariat d'une démarche féline. Le déhanchement lui avait paru légèrement exagéré. Il s'était dit que, pour une personne dont l'enfant unique venait de disparaître, elle tenait plutôt bien le choc.

– Au fait, dit-il en fouillant dans la poche arrière de son pantalon, j'ai quelque chose pour toi.

Mais sa fille ne l'entendait pas. Il agita une main devant ses yeux pour attirer son attention et Inès ôta ses écouteurs en râlant.

– Papa, je regarde mon feuilleton ! Qu'est-ce qu'il y a encore ?

Gabriel lui tendit la photo dédicacée.

– C'est pas vrai ! hurla-t-elle. C'est trop génial ! Papa je t'adore.

Elle lui bondit au cou et le couvrit de baisers.

« Nos enfants sont des mutants trop gâtés, pensa Gabriel en s'installant confortablement sur le canapé. Et nous des parents complètement gâteux. »

Puis il se concentra sur *Plus riche ainsi*, attendant sans trop y croire le retour de la belle Viviane Sauvage.

8

« Je serai toujours cet étranger
Au regard sombre,
Un rebel dans vos villes de contraste... »

Alain Bashung, *Rebel*

Le lendemain matin, lorsqu'il arriva à la brigade en compagnie de sa fille, le capitaine Roullier avait la rage. Comme il s'y attendait l'enlèvement de la petite Admentis faisait la une de la presse locale, mais c'était l'utilisation faite par Viviane Sauvage de l'événement qui l'avait mis hors de lui. Partout la comédienne s'étalait en photo avec des titres aussi racoleurs que : « La star de la télé implore les ravisseurs de lui rendre sa fille ! » ou bien : « La vedette de *Plus riche ainsi* en plein cauchemar. »

Lorsque Roullier réalisa que, sur les clichés, l'actrice était habillée comme la veille lors de leur entrevue, sa fureur empira.

– Voici donc où elle devait se rendre « impérativement », marmonna-t-il entre ses dents, un simple rendez-vous avec la presse !

Il traversa la salle au pas de charge, Inès courant derrière lui. Elle savait déjà qu'aujourd'hui il lui faudrait sans doute monter vraiment le volume de son MP3.

Une fois sur le seuil de son bureau, il se retourna et hurla à travers la pièce :

– Réunion dans cinq minutes !

Les hommes de la brigade sud comprirent qu'il ne ferait pas bon être en retard.

Le capitaine remuait nerveusement la tige de plastique dans le gobelet d'où s'échappait une vague odeur de café.

– Allez les gars, je vous écoute !

Lacroix prit la parole en premier.

– Les douaniers ont coincé le camion immatriculé en Italie au passage du mont Blanc. Rien à signaler. Il transportait des salades à l'aller et des vêtements au retour. Le chauffeur n'a pas de casier judiciaire.

– Bien, et l'autre camion ?

– On a retrouvé le nom de l'entreprise, répondit Garnier. La société MILEAMOLUS est basée à Grenoble, ils livrent du matériel informatique. On a appelé le patron, d'après lui son chauffeur est un gars irréprochable. Bon père de famille, jamais une goutte d'alcool au volant…

– OK, et la voiture avec le garçon à l'arrière ?

– On a réussi à reconstituer la plaque minéralogique du véhicule. La famille vit à Lyon, des collègues vont lui rendre une petite visite ce matin.

Le capitaine approuva d'un mouvement de tête, mais il savait déjà qu'il n'y avait pas grand-chose à espérer de ce côté-là.

– Et on a réussi à avoir le numéro d'immatriculation de notre voiture mystérieuse ?

– Sonia a fait de son mieux, mais c'est impossible. Trop loin, trop sombre…

– Dommage.

Garnier et Lacroix hochèrent la tête de concert. Roullier sembla hésiter un moment, puis ajouta d'un ton subitement inspiré :

– Demandez-lui quand même de me faire un tirage de l'image. Le plus vite possible.

Lacroix quitta le bureau. Roullier se tourna vers Bonal.

– La famille n'a pas reçu de demande de rançon ?

Le lieutenant secoua la tête. Puis Roullier demanda à Garnier :

– On s'est renseignés sur le gérant ?

– Oui, c'est Jimenez qui s'en est occupé.

Les regards se dirigèrent vers le nouveau.

– Fré… Frédéric Clément, bafouilla-t-il en relisant ses notes, il a repris la station il y a trois ans. À l'époque elle était au bord du dépôt de bilan. Mais le bonhomme a bossé comme un fou et aujourd'hui il réalise l'un des meilleurs chiffres d'affaires des stations-service de la région. Au siège de l'enseigne, ils sont tellement contents qu'ils ont décidé de l'agrandir. La station va être dotée de quatre nouvelles pompes début janvier.

– Donc, à part l'éventualité que la petite Morgane Admentis ne se soit payé le luxe d'une fugue en pleine nuit sur l'autoroute, poursuivit Roullier, il ne reste plus qu'une seule piste sérieuse.

Il fit une pause, prenant le temps de détailler ses hommes l'un après l'autre. Les mines étaient sombres, les yeux cernés, sur certains visages une barbe naissante était le signe qu'ils ne ménageaient pas leur peine, leur temps et leur énergie.

– Je suppose que vous avez tous lu les journaux ce matin. Je vous propose d'ajouter un nom sur notre liste.

– Viviane Sauvage ! s'écria Jimenez comme s'il venait de répondre à une question à mille euros.

Les policiers sourirent mais ils savaient que le stagiaire avait raison. L'absolue indifférence que la star manifestait vis-à-vis de sa fille et l'utilisation qu'elle faisait de sa disparition pour servir sa carrière personnelle la plaçaient en tête des suspects.

– Durant le court entretien que j'ai eu avec la mère de Morgane, poursuivit le capitaine, elle m'a appris que son mari rentrait d'une soirée au casino. D'après elle, c'est un joueur invétéré.

– Il ne s'en est pas vanté lorsqu'on l'a interrogé à la station-service, s'étonna le lieutenant Bonal.

– Il a bien le droit d'aller où il veut ? demanda le stagiaire.

– Oui, mais un joueur a toujours des dettes, déclara Bonal. De là à penser que le père monte un faux enlèvement pour extorquer une somme d'argent à la mère de la petite...

Roullier approuva.

Un des hommes fit signe qu'il voulait parler.

– Y a un truc qui cloche avec l'histoire du père flambeur. Il y a des tas de casinos dans le coin, si l'on veut jouer on peut aller à Carry, à Aix ou à Cassis.

– Il y a aussi le casino de La Ciotat ! précisa Mélaine Jacobi.

– Alors pourquoi se trouvait-il si loin de Marseille ?

– D'après sa femme, précisa Roullier, Damien Admentis revenait de Monte-Carlo. Il est interdit de jeu sur le territoire français depuis plus d'un an.

Mais Jimenez n'était pas convaincu.

– Comment peut-elle en être aussi sûre ?

À cet instant, Lacroix revint dans le bureau. Il tendit une enveloppe au capitaine.

– Voici la photo que vous m'avez demandée.

Roullier s'en empara tout en répondant à la question qui lui avait été posée quelques secondes auparavant.

– J'ai ma petite idée là-dessus. Je vais aller vérifier cette hypothèse sur-le-champ.

Puis tapant dans ses mains :

– Allez les gars, chacun retourne à sa tâche. Mettez le paquet !

Les policiers évacuèrent le bureau en commentant à haute voix les récents rebondissements de l'affaire.

Bonal fut le dernier à quitter la pièce. Roullier lui demanda de convoquer le père de Morgane Admentis en début d'après-midi. Puis, il empoigna son blouson et prit sa fille par l'autre main. Celle-ci n'avait rien vu venir, les écouteurs fixés sur les oreilles.

– On va où ? s'inquiéta-t-elle.
– C'est une surprise.
– Bonne ou mauvaise ?

Le capitaine se pencha vers sa fille et déposa un baiser au sommet de son crâne. Il savait qu'elle avait horreur qu'il fasse ça en public. Mais il se régalait. Il ne voulait surtout pas qu'elle grandisse trop vite. Qu'elle devienne une adulte sans qu'il se soit aperçu de rien.

– Une surprise qui devrait te plaire, lui souffla-t-il au creux de l'oreille.

9

« Betty – faut pas craquer,
Betty – faut pas plonger,
Je sais – ils t'ont couchée là,
Et puis ils ont fermé leurs barreaux d'acier... »

Bernard Lavilliers, *Betty*

Morgane ne criait plus. Elle pleurait en silence. L'homme lui avait clairement expliqué que c'était une histoire de vie ou de mort.

Soit elle s'agitait, elle hurlait, elle s'époumonait et ses réserves d'oxygène ne feraient pas long feu, soit elle se tenait tranquille et économisait l'air, et la nuit dans laquelle il l'avait plongée serait malgré tout plus douce.

Lors de sa dernière visite, il lui avait laissé une réserve de bouteilles d'eau, une dizaine de sandwichs sous cellophane ainsi qu'une lampe torche. Morgane avait déjà mangé deux sandwichs et demi, vidé une bouteille entière mais elle n'osait toujours pas allumer la lampe torche de peur d'user les piles. Elle préférait la conserver pour le moment où les monstres reviendraient la hanter.

Morgane consentit néanmoins à l'allumer, le temps de consulter la montre que lui avait offerte son père. Les aiguilles indiquaient 10 h 27, mais elle ignorait s'il s'agissait du soir ou du matin. Dans sa prison, le temps se diluait. Depuis quand était-elle assise là dans le noir, le silence et le vide ?

Elle continua de pleurer un moment encore, puis les paupières gonflées refusèrent de rester ouvertes plus longtemps. Sa tête bascula vers l'avant et elle s'endormit.

Morgane nageait maintenant dans la piscine bleu azur de la nouvelle villa de sa mère. Elle commençait sa dixième longueur de bassin.

« Plus que quatre allers-retours et je battrai mon record », pensa-t-elle en s'efforçant de maîtriser sa respiration.

Soudain une crampe atroce lui paralysa la jambe droite. Elle tenta de regagner le bord mais la douleur la fit hurler et l'eau chlorée pénétra par sa bouche au moment où elle s'y attendait le moins. Elle paniqua et sa tête disparut sous la surface. Ses mains battirent l'air. Elle commença à couler...

– Non ! hurla-t-elle quand elle comprit qu'elle allait se noyer et que personne n'était là pour la secourir.

Son propre cri la réveilla. Elle resta un moment abasourdie avant de comprendre qu'il s'agissait d'un cauchemar et qu'elle commençait à manquer d'air.

Elle s'apprêtait à appeler du secours lorsqu'elle perçut le grincement métallique. La trappe était en train de s'ouvrir. La fillette se précipita vers la source de lumière et d'air frais.

– Laissez-moi sortir ! cria-t-elle en s'accrochant aux barreaux de l'échelle.

– Recule ! lui ordonna l'homme en la repoussant du pied. Ne m'oblige pas à te bâillonner !

Morgane obéit. L'homme referma la trappe et la nuit revint.

– Allume ta torche !

La fillette tâtonna dans l'obscurité.

– Tu l'as trouvée ? demanda sèchement son ravisseur.

– Oui.

– Allume-la. Attention, tu n'éclaires que le plafond ! Sinon je te la confisque.

– D'accord, répondit Morgane tout en appuyant sur le bouton d'une main tremblante.

Le faisceau de lumière éclaira une partie de la pièce. L'homme se rapprocha d'elle, veillant cependant à rester dans la zone d'ombre.

– Comment va ma fille adorée aujourd'hui ?

– Je ne suis pas votre fille ! s'écria Morgane.

– Bien sûr que si ! s'énerva l'homme. Tu l'es maintenant. Tes parents t'ont abandonnée ! Regarde !

Un magazine glissa jusqu'aux pieds de Morgane.

– Tu sais lire ?

– Oui…

– Alors quand je partirai tu n'auras qu'à regarder à l'intérieur. Ta mère ne pense qu'à sa carrière et ton père se terre chez lui. Pour eux, tu n'existes plus. Tu n'étais qu'un poids dont ils ont enfin réussi à se débarrasser !

– Vous êtes un menteur ! hurla Morgane.

Il eut un ricanement.

– On aura l'occasion d'en reparler. En attendant, on a un événement à fêter…

Un briquet s'alluma dans le noir. La flamme se déplaça de quelques centimètres et trouva refuge au sommet d'une bougie plantée au beau milieu d'un gâteau. La voix grave s'éleva dans la pénombre.

– Joyeux anniversaire ma princesse !

10

« J'les connais bien les play-boys des bacs à sable,
J'draguais leurs mères avant d'connaître la tienne. »
Renaud, *Morgane de toi*

Le vigile s'effaça devant la carte barrée du sigle tricolore. C'était le meilleur des sésames. Et quand, lors d'une perquisition, les gens faisaient des difficultés, quand ils demandaient à voir une demande signée de la main d'un procureur de la République, le capitaine Roullier prenait un malin plaisir à leur expliquer que ce genre de manœuvre n'était valable que dans les feuilletons américains, qu'en France il suffisait d'attendre l'heure légale. 6 heures du matin, point barre.

Inès et lui pénétrèrent dans l'immense enceinte. C'était là, entre autres, que se tournait la série *Plus riche ainsi*.

À l'entrée des studios, un nouveau vigile s'approcha et le capitaine dut ressortir sa carte de police.

– Je viens voir Viviane Sauvage.

Mais l'homme au tee-shirt noir floqué du mot SÉCURITÉ était plutôt du genre teigneux.

– T'as rendez-vous ? demanda-t-il en roulant des épaules.

Roullier se dit qu'il n'allait pas se focaliser sur le tutoiement familier, afin d'éviter que l'entrevue ne dégénère rapidement.

– Non, mais…

– Sans rendez-vous, personne ne passe. J'ai des consignes précises.

Gabriel hyperventila avant de rapprocher son visage à quelques centimètres de la brute sans cervelle.

– Ce n'est pas une carte de presse que je vous ai montrée, c'est une carte d'officier de police.

– Et alors ? Carte de police ou pas, personne n'approche.

Roullier se dit que l'homme descendait forcément du singe, la preuve se tenait devant lui. Il s'obstina à poursuivre l'entretien dans la voie diplomatique.

– Je suis là pour l'enquête concernant la disparition de sa fille. Je ne viens pas prendre des photos ou rédiger un article pour un magazine à scandale.

Le vigile saisit Roullier par le bras.

– T'es sourd ou quoi ? Tu dégages !

Cette fois, il venait de franchir la ligne rouge sans même s'en apercevoir. Vérifiant qu'Inès ne captait rien, subjuguée qu'elle était par les caméras, les décors et l'agitation qui régnait autour du plateau de tournage, Gabriel s'empara du poignet du vigile et, avant que celui-ci n'ait eu le temps de réagir, il lui appliqua une légère torsion. Suffisante néanmoins pour que, dans la seconde qui suivit, l'homme se retrouve à terre en se tordant de douleur.

– Désolé mon gars, mais c'est vraiment pas le jour pour me contrarier.

Déjà d'autres membres du service de sécurité accouraient, alertés par les cris de leur collègue.

– Tout le monde se calme ! hurla Roullier en brandissant sa carte d'officier de police. Je veux juste parler à Viviane Sauvage.

Cinq minutes plus tard, ils pénétrèrent dans la loge de la vedette.

– Inspecteur, s'exclama-t-elle en surjouant la scène, quel plaisir de vous revoir !

Roullier poussa sa fille vers le canapé où s'étalaient des photographies de la comédienne.

– Il y a un détail que j'aimerais éclaircir, lui dit-il en guise de bonjour, j'espère que vous avez quelques minutes à me consacrer ?

Ne saisissant pas toute l'ironie de la question, elle interrogea du regard sa maquilleuse.

– Vous devez être sur le plateau dans trente minutes, répondit celle-ci.

Viviane Sauvage écarta les bras.

– Vous avez entendu, je vous accorde vingt minutes pas plus !

Roullier désigna la maquilleuse et la coiffeuse.

– Pourriez-vous demander à ces personnes de sortir un instant, je vous prie ?

– Pour quelle raison ?

Roullier décida de l'égratigner un peu, histoire de la faire réagir.

– Comme ça, si notre discussion se retrouve demain à la une des journaux je saurai d'où vient la fuite !

Viviane Sauvage claqua des doigts, sa manière à elle de leur demander poliment de quitter la pièce.

– Bon, dit-il en s'emparant de l'enveloppe que Lacroix lui avait remise, tout d'abord dites-moi si vous savez à qui appartient cette voiture.

Il lui tendit la photographie qui se trouvait à l'intérieur. L'actrice la prit d'un geste brusque et la détailla d'un air dédaigneux. Ses joues s'empourprèrent légèrement et Roullier comprit que son intuition était bonne.

– Vous connaissez le propriétaire de ce véhicule, n'est-ce pas ?

Elle sortit une cigarette de son sac et l'alluma sans dire un mot.

– Madame Admentis, souffla Roullier, je peux également vous conduire au commissariat...

Elle recracha la fumée en bondissant de son fauteuil.

– C'est bon ! Épargnez-moi votre cinéma.

– Ce n'est pas moi qui fais du cinéma, c'est vous.

Sur le canapé, Inès esquissa un début de sourire. Un détail qui n'échappa pas au regard acéré de son père. Une fois de plus, elle avait dû baisser le volume de son MP3.

– Je vous pose à nouveau la question. Savez-vous à qui appartient cette voiture ?

– C'est celle de monsieur Daniels, lâcha-t-elle enfin.

– Et qui est ce mystérieux monsieur Daniels ?

Viviane Sauvage hésita, le temps qu'une volute de fumée s'élève vers le plafond.

– C'est le détective privé que j'ai engagé pour filer mon ex-mari.

Le capitaine posa ses fesses sur le rebord de la table à maquillage. La conversation devenait fort intéressante.

– Vous êtes toujours mariés à ce qu'il me semble ?

Un tic nerveux fit tressauter la lèvre supérieure de la comédienne.

– Nous passons devant le juge le 15 janvier...

– Et vous accumulez les preuves contre lui, c'est bien ça ?

Viviane écrasa sa cigarette dans un cendrier surchargé de mégots.

– Mon mari se ruine dans les casinos, dit-elle pour se justifier, je n'ai aucune envie de lui servir de tirelire pour le restant de mes jours !

Roullier attendit la suite. Tranquillement.

– Je suis sur le point de signer un contrat avec une grosse société de production américaine. Je ne laisserai pas un malade détruire mes rêves !

– Sur ce plan, on peut penser que la disparition de votre fille tombe à pic. Toute la presse parle de vous...

La mère de Morgane se tourna vers Roullier, furieuse.

– N'allez pas trop loin inspecteur ! La disparition de ma fille n'a rien à voir avec tout ça !

Roullier l'apaisa d'un geste de la main.

– D'accord, dit-il en baissant les yeux, veuillez accepter mes excuses. Revenons-en à votre détective... Il a un téléphone, une adresse où on peut le joindre ?

La comédienne se rua vers son sac à main. Sans un mot, elle lui tendit une carte de visite.

Le capitaine la rangea dans la poche intérieure de son blouson.

– Je suppose qu'il n'a rien vu...

– Absolument rien. C'est lorsqu'il a entendu les sirènes de police qu'il a compris que quelque chose était arrivé.

– Bien, je vérifierai tout ça...

Gabriel fit un signe à Inès et cette dernière se redressa, prête à partir. Il se rendit compte aussitôt que les photographies qui traînaient sur le canapé avaient disparu.

– On vous laisse vous préparer, dit-il en prenant sa fille par l'épaule. Merci encore de nous avoir consacré un peu de votre précieux temps.

De nouveau, toute l'ironie de la remarque échappa à la comédienne.

– C'est normal, répliqua-t-elle, la police doit faire son travail.

Roullier ouvrit la porte de la loge, surprenant la coiffeuse et la maquilleuse qui visiblement n'avaient pas perdu une miette de la discussion.

La vedette de *Plus riche ainsi* sortit à son tour sur le pas de la porte.

– Vous êtes certain de ne plus avoir d'autres questions à me poser, inspecteur ?

Roullier fit volte-face.

– Juste une dernière si vous le permettez…

Viviane Sauvage était déjà en train d'allumer une nouvelle cigarette.

– Allez-y, je vous écoute.

Il la fixa avant de décocher la flèche.

– Comment pouvez-vous rester là, à travailler sereinement alors que votre fille a disparu ?

11

« Ce qui nous vient
Nous vient de loin
Ce qui nous tient
Jamais ne nous appartient vraiment. »

Jean-Louis Aubert, *Parle-moi*

Gabriel pénétra dans le commissariat d'un pas alerte, suivi d'Inès qui terminait une part de pizza achetée à un camion stationné en bord de route. Il se retourna vers sa fille.

– Au fait, c'est quoi ces photos que tu as prises dans la loge ?

Inès rougit. Son père remarquait tout, c'en était désespérant.

– Ce sont des photos de Viviane Sauvage, je vais les offrir à mes copines.

– Tu aurais pu les lui demander, elle te les aurait dédicacées.

Inès sortit une photographie de son sac.

– Hum, elles étaient déjà dédicacées.

– La prochaine fois, demande quand même !

Sa fille dressa son pouce vers le ciel et la discussion en resta là.

Arrivant dans les locaux de la brigade sud, ils croisèrent Mélaine Jacobi. Inès se précipita à sa rencontre.

– Salut Mélaine.

– Salut, ça va ?

Inès fit la moue. La plupart de ses amies skiaient à la montagne tandis qu'elle passait ses journées dans des bureaux.

La jeune femme s'adressa au capitaine.

– Votre fille est encore là pour longtemps ?

– Oui, elle reste avec moi jusqu'au 27.

– Demain c'est mon jour de congé, si vous voulez je peux emmener Inès faire un tour en ville, proposa-t-elle.

Gabriel hésita, mais lorsqu'il vit le visage de sa fille s'éclairer, il comprit qu'il n'avait pas vraiment le choix.

– Eh bien, c'est d'accord.

– Super, je passe la prendre chez vous vers 10 heures.

Puis elle s'éloigna après avoir passé sa main dans les cheveux d'Inès.

Gabriel se dit que l'humanité de Mélaine Jacobi valait largement la beauté troublante de Viviane Sauvage.

Du fond de leur bureau, les brigadiers Lacroix et Garnier avaient un sourire coincé au bord des lèvres.

– Qu'est-ce que vous avez à sourire bêtement ? leur demanda Roullier qui sentait venir les remarques moqueuses.

– Rien, répondit Lacroix, y a juste que Jacobi est plutôt mignonne.

– Et qu'en plus, ajouta Garnier, elle est célibataire.

Roullier se dit qu'ils n'allaient plus le lâcher avec cette histoire. Bientôt, tous les hommes de la brigade s'y mettraient. Il fallait couper court à toute rumeur.

– C'est parce que vous êtes jaloux ou bien parce que vos femmes ne vous autorisent pas à sortir sans elles ? plaisanta-t-il à son tour. À part ça, on a du nouveau ?

– Le rapport des collègues de Lyon est arrivé. La voiture appartient à un couple d'enseignants qui rentraient d'un séjour sur la côte avec leur fils. Des gens sans histoire, même pas la trace d'un PV impayé…

– Laissons tomber, déclara Roullier, c'est une fausse piste.

Au loin, le capitaine aperçut Bonal qui s'avançait dans le couloir.

– Lieutenant, vous tombez bien. Vous allez retourner à la station-service accompagné de Jimenez. Contactez la brigade canine et demandez-leur de vous rejoindre là-bas. Fouillez partout !

– Ça marche, patron !

Bonal disparut à son tour. Le patron en question poussa sa fille vers son bureau.

Le père de Morgane l'y attendait, sagement installé dans le fauteuil destiné aux visiteurs. Roullier ôta son blouson de cuir et le suspendit au portemanteau.

– Vous vouliez me voir ? s'enquit Damien Admentis.

– C'est exact. J'ai quelques questions à vous poser.

– Je vous écoute...

Sans rien demander, Inès s'était installée sur une chaise. Musique dans les oreilles, elle feuilletait un magazine et affichait sa moue des mauvais jours.

Roullier pensa que sa fille allait lui en vouloir pendant les vingt prochaines années de sa vie, et il n'osa imaginer ce que lui ferait vivre Sarah si elle apprenait qu'Inès avait passé la majeure partie de ses vacances dans les bureaux de la brigade.

Se tournant vers Admentis, il décida d'attaquer bille en tête. Lui mettre la pression d'entrée était un moyen comme un autre de voir ce que le bonhomme avait dans le ventre.

– Pourquoi nous avoir caché que le matin où votre fille a disparu, vous rentriez d'une virée au casino de Monte-Carlo ?

Admentis parut sincèrement surpris.

– Je ne vous ai rien caché ! Personne n'a encore jugé utile de me demander d'où je venais, c'est tout.

« Un mauvais point pour nous », pensa Roullier. Mais cela n'entama en rien sa détermination à acculer le père de Morgane à la faute.

– J'ai aussi besoin de savoir quels sont vos rapports avec votre femme.

– Je vous demande pardon ?

Le capitaine soupira, il s'attendait à ce type de réaction.

– Monsieur Admentis, je sais que vous êtes sur le point de divorcer. Ce que j'aimerais comprendre, c'est comment vous en êtes arrivés là.

Il y eut un silence, le père de Morgane semblant partir en voyage avec son passé, puis d'une voix emplie de nostalgie il commença à raconter.

– Cécile et moi, nous nous sommes connus très jeunes, un vrai coup de foudre ! À l'époque, je gagnais bien ma vie. Je possédais trois agences de voyages… Cécile n'a jamais eu à travailler. Elle pouvait se consacrer entièrement à sa passion. Même lorsque Morgane est née, elle ne s'est pas arrêtée. C'est une nurse qui a élevé notre enfant. Ma femme, elle, enchaînait les stages de théâtre, les cours de chant, de comédie, les castings… Elle n'en avait jamais assez.

– Et puis ?

– Et puis sa carrière a décollé et alors là, très vite, plus rien d'autre n'a compté pour elle. J'ai commencé à passer mes soirées en tête à tête avec ma fille.

– C'est à cette époque que vous vous êtes mis à jouer ?

– Oui. Je n'existais plus à ses yeux et je me suis retrouvé seul, perdu. J'ai joué pour oublier. Oublier ce que j'étais devenu, ce qu'elle avait fait de moi. De toute façon, je n'avais plus rien à perdre, en la perdant elle, j'avais déjà tout perdu…

– C'était avant qu'elle ne soit engagée par la production de *Plus riche ainsi* ?

Admentis sortit une cigarette et l'alluma. Roullier se dit que la loi qui interdisait aux gens de fumer dans les lieux publics était difficile à faire appliquer.

– Hum, hum… fit-il en désignant simultanément le panneau et Inès.

Admentis écrasa sa cigarette à même le sol, arrachant une grimace au capitaine, puis répondit à la question.

– Juste avant. Ensuite les choses n'ont fait que s'aggraver. Quand les gens ont commencé à la reconnaître dans la rue, elle est devenue odieuse. Elle nous utilisait Morgane et moi pour donner l'image d'une famille heureuse et unie dans les magazines, mais en réalité nous étions la plupart du temps sans nouvelles d'elle.

– Vous viviez ça comment ? lui demanda Roullier.

– Très mal comme vous l'imaginez. C'est pourtant à cette époque que j'ai décidé de reprendre ma vie en main. Je pensais naïvement pouvoir regagner son amour. Je me suis fait interdire l'entrée des casinos, je me suis remis au sport…

Le capitaine baissa les yeux. Sur son bureau était posé un fax de la brigade des jeux. L'interdiction de Damien Admentis était encore valable pour les quatre années à venir.

– Pourquoi alors cette virée nocturne à Monte-Carlo ?

Le père de Morgane se prit la tête entre les mains.

– Je venais de recevoir la convocation du juge. Ma femme demande la garde de notre enfant, la moitié de mon patrimoine, elle demande également à ce que son nom d'artiste devienne son véritable patronyme et donc que notre fille s'appelle désormais Morgane Sauvage. J'ai pété les plombs !

Il éclata en sanglots. Roullier chercha un mouchoir mais ses poches étaient vides. Inès lui envoya un paquet de Kleenex. Il lui retourna un baiser en soufflant sur le bout de ses doigts et elle haussa les épaules.

12

« Dites-moi, dites-moi même
Qu'elle est partie pour un autre que moi
Mais pas à cause de moi,
Dites-moi ça, dites-moi ça. »

Michel Jonasz, *Dites-moi*

Le capitaine et sa fille quittèrent le commissariat tôt dans la journée, l'enquête avançait sans lui et Roullier perdait patience à attendre des nouvelles sagement installé derrière son bureau.

Ils firent une longue promenade à travers l'un des parcs dont regorgeait la ville, partagèrent une gaufre à la chantilly, puis la fraîcheur du soir commençant à se faire sentir, ils décidèrent de rentrer.

Inès hurla à travers le salon.

– Papa, viens vite ! Ça commence !

En cuisine, Gabriel était en train de se demander si les pâtes n'étaient pas trop cuites.

– Qu'est-ce qui commence ? lui renvoya-t-il en les égouttant au-dessus de l'évier.

Inès hurla de nouveau.

– *Plus riche ainsi* !

Gabriel se dit qu'il n'avait aucune envie de perdre son temps à attendre le retour de Viviane Sauvage.

– Je m'occupe du repas, tu me raconteras…

Plus tard à table, il ne fut pas déçu par la réaction de sa fille.

– Les pâtes sont trop cuites ! Maman les fait al dente, elle !

Gabriel décida d'esquiver.

– À propos de ta mère, tu ne l'appelles pas ce soir ?

– Je croyais qu'il fallait que je t'en parle d'abord ?

– Eh bien vas-y, tu as ma bénédiction.

– D'accord je le ferai, mais je vais essayer de finir tes pâtes avant.

Un ange passa.

– En fait, ça serait plus simple si j'avais un portable…

– Inès, on en a déjà discuté avec ta mère. Tu auras un portable le jour où tu entreras au lycée.

– D'accord, mais en attendant comment je fais pour communiquer avec mes copines ? Y a même pas d'ordinateur ici !

– Tu n'as qu'à utiliser ceux de la brigade, ils sont tous connectés à Internet.

Inès leva les yeux au ciel.

– Cool. Tu m'imagines, dialoguant sur MSN avec tous ces flics curieux qui circulent dans mon dos ?

Un autre ange passa.

– Tu voudras lui parler ?

– À qui ? demanda Gabriel pensif.

– À maman.

– Bien sûr, répondit-il en espérant que la mère d'Inès aurait oublié l'incident de la veille.

Un quart d'heure plus tard, tandis qu'il s'activait en cuisine à faire la vaisselle, Inès lui tendit le combiné.

– C'est maman, elle veut te parler.

Sarah n'avait rien oublié.

– Depuis quand tu me raccroches au nez ? lui jeta-t-elle à la figure en guise de bonjour.

– Depuis que ça m'évite une dispute avec toi.

– Bon, dans ce cas je te pardonne.

Gabriel esquissa un sourire.

– Merci, tu es trop sympa.

– Ne prends pas ce ton condescendant avec moi, Gabriel ! Je te pardonne de m'avoir raccroché au nez, pas de gâcher les vacances de ta fille !

De nouveau elle ne lui laissait pas le choix. Il raccrocha.

Puis il rejoignit Inès qui lisait dans son lit, afin de lui souhaiter une bonne nuit.

– Comment ça s'est passé cette fois ? le questionna-t-elle en le voyant arriver.

Gabriel mentit en s'installant sur le rebord du lit.

– Super, on a pu parler tranquillement. Tout va bien.

À cet instant, le téléphone se mit à sonner. Inès avait déjà compris.

– Ne me dis pas que tu lui as encore raccroché au nez ?

– Désolé, j'ai pas pu faire autrement.

– C'est pas possible ! se fâcha Inès. Vous êtes pire que des gamins dans une cour de récréation.

Gabriel ne trouva rien à redire.

– Et tu ne réponds toujours pas ?

Gabriel secoua la tête.

– Non, j'ai besoin de rester concentré sur l'affaire. Je ne peux pas me permettre de disperser mon énergie. Une dispute avec ta mère me mettrait à plat pour demain.

La sonnerie cessa.

– Tu penses que vous avez une chance de la retrouver vivante ? lui demanda sa fille.

Gabriel sursauta. Il n'avait pas envisagé d'autre hypothèse.

– Bien sûr, répondit-il en lui caressant les cheveux.

De nouveau la sonnerie retentit.

– Tu devrais répondre, ce n'est peut-être pas maman.

Gabriel déposa un baiser sur son front.

– C'est bon, j'y vais, dit-il en se levant. N'éteins pas trop tard.

Il se rendit dans le salon d'un pas tranquille, espérant que Sarah renoncerait avant qu'il n'arrive jusqu'au téléphone. Mais lorsqu'il y parvint, celui-ci sonnait toujours.

– Écoute, Sarah, dit-il en décrochant le combiné, j'ai pas trop le temps, là…

– C'est Bonal, capitaine, j'espère que je ne vous dérange pas ?

– Non lieutenant, souffla Roullier. Vous ne me dérangez pas. Que se passe-t-il ?

– Je voulais vous rendre compte de ma visite à la station-service.

– Allez-y, je vous écoute…

– Eh bien, on a tout vérifié dans les moindres détails. Rien à signaler.

– Et les chiens ?

– On les a lâchés après leur avoir fait renifler un pyjama de Morgane qu'on avait récupéré chez son père, mais ils n'ont levé aucune piste.

Roullier ressentit soudain la fatigue et le manque de sommeil de la nuit précédente.

– Vous avez interrogé le gérant ?

– Oui.

– Et alors ?

– Nous avons comparé avec les notes prises le premier jour, rien de neuf. Ses déclarations ne varient pas d'un pouce. Il y a juste que...

Roullier reprit confiance.

– Quoi ?

– Jimenez s'est rendu compte que le rayonnage presse regorgeait de magazines où l'on voit la vedette de *Plus riche ainsi* en compagnie de sa fille.

« Comme dans toutes les autres stations-service du pays », pensa Roullier. Le fait que le gérant ait pu identifier la petite Morgane ne constituait pas une piste nouvelle.

– Je vous remercie lieutenant. On se voit demain au bureau. J'arriverai un peu plus tard que d'habitude, je dois rendre une visite à quelqu'un.

– D'accord. Bonne nuit patron.

– Bonne nuit Bonal.

Gabriel raccrocha. Inès apparut en chemise de nuit sur le seuil de la porte.

– C'était maman ?

– Non, c'était le lieutenant Bonal.

– Alors ?

– On cherche toujours.

Inès se rapprocha et Gabriel la prit dans ses bras.

– Vous allez la retrouver hein papa ?

– Bien sûr ma chérie, répondit-il simplement. Je te le promets.

13

« Si ma peau est un mur
Tu peux sûrement le percer
Mon repaire anti-blessure
Pourrait très bien t'abriter. »

Steeve Estatof, *Garde-moi*

Inès était à moitié endormie devant son bol de corn-flakes, Gabriel lui déposa un baiser sur le front.

Elle râla. Juste pour la forme.

– Bon, tu as bien compris ? Mélaine vient te prendre à 10 heures. Tu n'ouvres à personne d'autre !

– Papa !

– Quoi ?

– Ça va, je ne suis plus une gamine.

Gabriel eut envie de la prendre dans ses bras, de la serrer très fort contre son cœur et de lui murmurer à l'oreille que pour lui elle était et resterait toujours une petite fille fragile... Il n'osa pas...

– Qu'est-ce que tu aurais envie de faire ce soir ? lui souffla-t-il en enfilant son blouson de cuir.

– J'sais pas moi. Si on louait un DVD ?

Gabriel n'avait jamais fait ça de sa vie. Il avait bien acheté un lecteur, mais il ne se rappelait pas s'en être servi un jour.

– Bon d'accord, je m'occupe d'en réserver un en rentrant du boulot.

Inès bondit sur ses pieds.

– Pas question ! Tu vas choisir un film de vieux. C'est moi qui m'en occupe.

Gabriel apprécia. Sa fille le connaissait bien. C'était un nostalgique des films de gangsters en noir et blanc des années soixante. Le capitaine se demanda néanmoins quelle pouvait bien être la différence entre un film de vieux et un film de jeunes. Ne trouvant pas de réponse qui lui convienne, il déposa un billet de cinquante euros sur la table.

– Tu n'es pas obligée de tout dépenser, lança-t-il en quittant l'appartement.

L'agence se trouvait près du port. Roullier décida de s'y rendre à pied. Une promenade matinale lui ferait le plus grand bien. Il avait besoin de réfléchir à l'enquête.

Au 68 de la rue Notre-Dame, il trouva la plaque qui indiquait : « Jack Daniels. Enquêteur privé. »

« Discrète et efficace », se dit-il en appuyant sur la sonnette. L'ouvre-porte s'actionna automatiquement et le policier pénétra dans un grand hall éclairé par un puits de lumière. Il monta tranquillement jusqu'au troisième étage. Un homme l'y attendait.

Mis à part le fait qu'il était plutôt petit, une calvitie naissante était le seul détail remarquable de sa personne. « Le type idéal pour suivre quelqu'un sans se faire remarquer », pensa Roullier.

Il sortit sa carte d'officier de police.

– Je vous ai appelé hier…

Le détective privé sourit et s'effaça pour le laisser entrer.

– Je vous attendais.

L'intérieur de la pièce était sombre et des plus austères. Un vieux bureau en fer où traînaient une flasque d'alcool et une chaise pour accueillir le client. Une armoire défraîchie où s'accumulaient quelques dossiers poussiéreux. Sur une patère, un pardessus et un chapeau.

– Exactement comme au cinéma. Où est passée votre secrétaire blonde dans sa robe moulante ?

– Elle est allée acheter des croissants, plaisanta Daniels tout en poussant le capitaine vers une autre porte.

Ils pénétrèrent dans une pièce aux murs d'un blanc éclatant. Un ordinateur dernier cri trônait sur le bureau en verre, une machine à café était posée dans l'angle du mur et un GPS portatif ainsi que d'autres équipements électroniques étaient rangés sur une étagère en aluminium.

– Désolé de briser vos rêves, souffla Daniels, mais le boulot a évolué et nous avec. La pièce à côté est une sorte de musée.

– Et je suppose que vous ne vous appelez pas Jack Daniels ?

– C'est juste que ça fait plus américain, les clients adorent. Je ne vous dirai pas mon véritable nom, vous risqueriez d'être déçu.

Le privé désigna la machine à café.

– Je peux vous offrir quelque chose ?

– Volontiers. Expresso sans sucre.

Daniels lui tendit un gobelet fumant.

– Que puis-je faire pour vous, capitaine ?

Roullier s'installa dans un fauteuil confortable et sortit son carnet de notes.

– Je suppose que vous savez ce qui m'amène ici ?

– Oui, Viviane Sauvage m'a prévenu de votre visite.

Le capitaine esquissa un sourire.

– J'ai besoin de savoir ce que vous avez vu la nuit où vous étiez en planque devant la station-service.

– Rien de plus facile.

Daniels ouvrit un tiroir et en retira un dictaphone high-tech.

– Je peux vous transférer le contenu par mail si cela vous dit ?

Roullier l'arrêta d'un geste de la main.

– Non, pas la peine. J'ai juste besoin d'écouter…

Le privé posa le dictaphone miniature sur le bureau. Lorsqu'il l'enclencha, une voix fatiguée se fit entendre.

– Arrivé sur zone station-essence, je me gare un peu à l'écart…

Puis Roullier perçut des bruits qu'il ne parvenait pas à identifier. Il interrogea le privé du regard.

– Je suis en train de récupérer mes jumelles infrarouges dans la boîte à gants, l'informa ce dernier.

– Le père de Morgane fait le plein, je n'aperçois pas sa fille dans la voiture… Elle ne semble pas être dans la station non plus… Les alentours sont déserts… Le gérant rentre dans la station…

Un client paie et ressort… Il démarre… Toujours pas de Morgane en vue… Son père se dirige vers la station… Il ressort… Il appelle quelqu'un… Il semble affolé…

Le capitaine se pencha par-dessus le bureau et arrêta l'appareil.

– Puis-je vous l'emprunter ? L'affaire de quelques jours…

Daniels était assez malin pour comprendre que la question n'en était pas une.

– Pas de problème, répondit-il en espérant que le policier saurait se souvenir de son entière collaboration le jour venu.

Le jour où à son tour il lui demanderait un service. Roullier glissa l'appareil dans la poche intérieure de son blouson.

– Parlez-moi un peu de la soirée que Damien Admentis a passée à Monte-Carlo.

Daniels sortit un paquet de cigarettes.

– Vous fumez ?

Roullier secoua la tête de gauche à droite.

– Ça vous gêne si j'en grille une ?

Le capitaine apprécia la délicatesse du geste.

– Non allez-y. Faut bien mourir de quelque chose…

Le détective aspira une longue bouffée avant de parler.

– Admentis est arrivé sur les coups de 22 heures. Il s'est garé au parking souterrain de la place centrale. De là, il a filé directement vers le Café de Paris. Morgane dormait à l'arrière. Il avait pris soin de la couvrir.

– Il a beaucoup perdu ?

– Il n'en a pas vraiment eu le temps. Aux alentours d'1 heure du matin, il s'est subitement arrêté. Un peu comme s'il prenait soudain conscience de ce qu'il était en train de faire. Ensuite, il a récupéré sa voiture et il est reparti vers Marseille. Vous connaissez la suite.

– Avez-vous eu accès à ses comptes bancaires ?

Pour la première fois, Daniels hésita avant de répondre.

– C'est illégal. Comment aurais-je pu… ?

– Je vais reformuler ma question. D'après vous, Admentis a-t-il des dettes de jeu ?

– Certainement. Ces derniers temps, il s'était mis à fréquenter des cercles de poker privés. Les gens que l'on croise dans ces endroits-là vous font rarement des cadeaux.

Roullier sentit qu'une nouvelle piste était en train de naître. Un créancier aurait très bien pu enlever Morgane pour obliger Admentis à honorer ses dettes. L'hypothèse était un peu bancale, mais il ne pouvait se permettre de l'ignorer.

Il se leva et serra la main du privé.

– Merci pour votre coopération.

Daniels le raccompagna jusqu'à la sortie.

Dehors, le ciel était bas et gris.

« Il va neiger », se dit Roullier en remontant le col de son blouson.

Inès était en train de se coiffer lorsque l'on frappa à la porte. Mélaine Jacobi était en avance. Qu'importe puisqu'elle était prête. Un dernier coup d'œil dans la glace et elle fila le cœur léger, emportant son sac au passage.

– J'arrive ! cria-t-elle en se précipitant vers l'entrée.

14

« J'ai demandé l'heure à un serial killer,
2 h 53 je rentre chez moi,
Les aiguilles tournaient, mais pas un passant,
Moi qui attendais le prince charmant. »

La Grande Sophie, *J'ai demandé l'heure*

Lorsque Roullier arriva au commissariat, les hommes de la brigade sud étaient regroupés dans son bureau.

– Du nouveau ? demanda-t-il en s'immobilisant sur le seuil.

– Si on peut dire, déclara Bonal. Vous avez reçu une lettre !

Roullier s'approcha et les policiers lui firent une place dans le cercle. La lettre lui était effectivement adressée. Il se figea en constatant que son nom et l'adresse du commissariat avaient été rédigés avec des lettres découpées.

– Je suppose que c'est râpé pour les empreintes ? dit-il à Dieu qui venait de faire son apparition.

– Je pense, répondit Sonia, il y a au moins une dizaine de personnes qui ont dû poser leurs doigts dessus depuis qu'elle a été postée.

Elle se pencha sur l'enveloppe.

– Par contre, avec un peu de chance…

La technicienne mit la main dans la poche de sa blouse de travail, en retira une paire de gants en latex et les enfila. Puis, se munissant d'une pince à épiler, elle décolla minutieusement le timbre oblitéré. Elle le glissa ensuite dans un sachet plastique.

– Si la personne qui a envoyé cette lettre a léché ce timbre avant de le coller, déclara-t-elle d'un air satisfait, nous aurons son ADN.

– Je peux l'ouvrir maintenant ? s'inquiéta Roullier.

– Mettez ça quand même, répondit Sonia en lui tendant des gants, on ne sait jamais…

Roullier décacheta l'enveloppe avec précaution. Un bristol en glissa. Il lut à voix haute :

– Vous ne la retrouverez jamais. Laissez tomber ! Sinon je m'en prends aussi à votre fille.

Roullier jeta un œil sur la pendule murale qui affichait 9h52.

– Bon sang! dit-il en se précipitant sur le téléphone.

Tandis qu'il composait le numéro, Bonal l'interrogea du regard.

– J'ai laissé Inès toute seule à la maison!

– Vous croyez que…

– Ça ne répond pas! s'affola Roullier.

Il se revoyait en train de dire à sa fille que personne jamais ne s'en prenait aux enfants de policiers.

Quel idiot il était!

– Quelqu'un connaît le numéro de portable de Jacobi?

Lacroix le connaissait par cœur, comme la plupart des numéros qu'il avait composés une fois dans sa vie. La sonnerie retentit dans le vide.

– Bon sang! hurla Roullier en raccrochant violemment. C'est pas vrai!

Les hommes autour de lui étaient atterrés.

– Qu'est-ce qu'on fait? demanda Bonal.

Le capitaine se prit la tête entre les mains et murmura :

– J'en sais rien…

À cet instant, le téléphone sonna. Roullier se précipita sur le combiné.

– Vous avez cherché à me joindre? dit une voix féminine lorsqu'il décrocha.

Roullier hurla :
– Jacobi ! C'est vous ?
– Oui, que se passe-t-il ?
– Pourquoi ne répondiez-vous pas ?
– Je sors du métro, il n'y avait pas de connexion...
– Est-ce qu'Inès est avec vous ?
– Oui, je suis allée la prendre plus tôt que prévu. Mais qu'est-ce qu'il se passe à la fin ?
Roullier soupira et se tourna vers ses équipiers.
– C'est bon, elle va bien.
Les épaules s'affaissèrent, quelques rires fusèrent.
– Je vous expliquerai, Jacobi. En attendant, laissez tomber la journée shopping et rappliquez à la brigade !
Il y eut un silence durant lequel Roullier perçut le souffle du mistral et le début des protestations d'Inès.
– Votre fille ne va pas aimer, répondit Jacobi.
– Je sais, dit-il en raccrochant.
Puis il se tourna vers Garnier.
– Dites à Psycho Pat de venir tout de suite !
Psycho Pat, de son véritable nom Patricia Patten, était une femme d'une quarantaine d'années, au nez coincé sous des sourcils fermement dessinés. Ses cheveux coupés court lui donnaient un côté garçon manqué qui n'était

pas pour déplaire aux membres de la brigade. Diplômée en psychologie criminelle, elle avait rejoint l'unité cinq ans plus tôt et les résultats exceptionnels qu'elle obtenait lui valaient le respect de chacun, malgré ce surnom ridicule dont la brigade sud l'avait affublée.

Le capitaine demanda que l'on prépare du café pour tout le monde.

– Nous allons en avoir besoin, dit-il en se laissant tomber dans son fauteuil.

Déjà Garnier revenait, accompagné par la psychologue.

– Je lui ai expliqué le problème en chemin, annonça-t-il à la ronde.

– Bonjour messieurs, fit-elle en pénétrant à son tour dans le bureau du capitaine.

On lui renvoya son bonjour et on lui fit une place autour de la table. Psycho Pat sortit une paire de lunettes de son étui et s'empara du bristol.

– Allez-y Patricia, l'encouragea Roullier, décryptez-moi sa personnalité.

Un long moment s'écoula durant lequel personne n'osa remuer le moindre petit doigt. La jeune femme était tout entière concentrée sur la tâche qui venait de lui être confiée. Ce ne fut qu'après de longues minutes d'observation minutieuse qu'elle consentit enfin à se détacher de la lettre anonyme. Elle se racla la gorge avant de prendre la parole.

– Bon voilà ce que je peux dire sur la personne qui a rédigé cette lettre. Merci de noter que ce ne sont que des hypothèses de travail !

Des sourires apparurent. Elle racontait cela à chaque fois. À ce jour, pourtant, elle ne s'était jamais trompée.

– Tout laisse à penser que nous avons affaire à un homme, commença-t-elle. Le côté agressif de la requête, le ton sur lequel il s'adresse à vous, voyez comme le trait de coupe du point d'exclamation est franc !

– Autre chose ?

– Il n'y a pas de fautes d'orthographe. Donc notre homme a une certaine culture et ce n'est pas un pervers.

– Qu'est-ce qui vous fait penser ça ? demanda Bonal.

– Un pervers aurait truffé sa lettre de fautes pour nous aiguiller sur une fausse piste.

– Quoi d'autre ? insista Roullier.

– Il a eu peur. Vous avez dû le secouer ou bien passer très près de la petite. Voilà pourquoi il cherche à vous décourager avec son « Vous ne la retrouverez jamais ». Dernier point, notre homme est un impulsif, il agit sans réflexion. À mon avis, l'enlèvement de Morgane n'avait rien de prémédité.

– Merci, souffla Roullier, on va tâcher de voir où tout ça nous mène…

Psycho Pat s'apprêtait à sortir de la pièce lorsqu'elle se ravisa et fit volte-face. Elle tendit son index au plafond.

– Ah oui, j'allais oublier un détail qui a son importance. La plupart des missives anonymes sont rédigées avec des lettres noires découpées dans un quotidien. Or, ici, certaines lettres sont en couleur…

– Comme si elles avaient été découpées dans un magazine ? hasarda Jimenez.

– Exactement, répondit la psychologue avant de quitter définitivement la pièce.

Roullier réagit au quart de tour.

– Jimenez, foncez au kiosque et achetez toutes les revues qui parlent de Viviane Sauvage et de sa fille.

Le stagiaire avait déjà compris.

– Et je vérifie si les lettres sur le bristol correspondent.

Jimenez dévalait les escaliers lorsqu'il croisa Mélaine Jacobi et Inès.

– Alors, demanda la policière, ça avance ?

– Ça n'avance pas, répliqua-t-il en forçant l'allure, ça court !

15

« Hé petite fille, tu bois de l'eau et tu es saoule,
Là où tu te noies, tu as beau avoir pied, tu coules... »
Camille, *Au port*

Elle avance dans le froid et dans la nuit. Elle grelotte et presse le pas. Elle se retourne mais son père, occupé à faire le plein, ne la voit pas. Plus que quelques mètres et elle sera au chaud.

Elle lève la tête et observe la guirlande clignotante qui se balance dans le vent. Soudain une main la saisit par l'épaule et une autre se plaque contre sa bouche. Elle hurle mais son cri reste enfermé à l'intérieur d'elle-même.

Elle se débat mais les mains sont plus fortes. Elles la guident vers le trou noir. Ses pieds glissent sur le bitume, elle dérape.

Les mains la soulèvent. Un dernier effort, une dernière tentative pour se libérer de l'étreinte, mais elle est trop faible pour lutter. Les mains la poussent dans le cercle obscur. Elle tombe. Le bruit n'en finit plus de résonner à ses oreilles.

Un couvercle claque et la nuit se referme sur elle.

Lorsqu'elle ouvrit les yeux, il était là. Désormais Morgane laissait la lampe torche allumée en permanence. Mais la pile donnait des signes de fatigue et la lueur vacillait.

– Tu te réveilles enfin ma princesse, murmura la voix.

– Laissez-moi partir, renifla Morgane. Je veux retrouver mes parents.

La voix se fit cassante.

– Je te l'ai déjà dit, ta famille c'est moi maintenant. Nous allons partir ensemble. Loin. Ne t'inquiète pas, j'ai tout prévu. Ta mère t'attend là-bas.

La fillette rampa sur le sol et s'accrocha au pantalon de l'homme.

– Non, je n'irai nulle part avec vous. Vous n'êtes pas ma famille !

Il retira sa jambe prestement.

– Tu verras, tu finiras par t'habituer à nous. Avec le temps...

Morgane secoua la tête.

L'inconnu ricana.

– Ne te crois pas irremplaçable !

Elle éclata en sanglots.

– En attendant, poursuivit la voix dans la pénombre, je dois aller chercher une autre fille.

– Qui ça ?

– Quelqu'un qui te tiendra compagnie...

Il y eut un court silence.

– Et cela calmera aussi ces messieurs de la police !

Les pas s'éloignèrent. La trappe s'ouvrit en grand et la lumière vive éblouit Morgane. Elle ferma les yeux.

– Tu ne bouges pas d'ici, tu attends sagement mon retour, dit l'homme en refermant la trappe.

Lorsque Morgane ouvrit les yeux à nouveau, elle était seule.

16

« Pourquoi les gens qui s'aiment
Sont-ils toujours un peu les mêmes,
Ils ont quand ils s'en viennent
Le même regard d'un seul désir pour deux,
Ce sont des gens heureux. »

William Sheller, *Un homme heureux*

Inès n'avait pas desserré les dents depuis son retour prématuré. Gabriel avait bien tenté de lui en expliquer la raison, elle n'avait rien voulu savoir. Depuis plus d'une heure elle se tenait assise dans un coin de la pièce, les écouteurs dans les oreilles, le visage fermé.

Jimenez revint en courant, laissant échapper quelques magazines le long du couloir. Garnier et Lacroix, qui le suivaient, les ramassèrent en souriant. Le stagiaire pénétra dans le bureau du capitaine et fit son rapport sans reprendre son souffle.

– Vous aviez raison en ce qui concerne la lettre anonyme. La totalité des caractères utilisés pour sa rédaction provient d'un même magazine.

– Un magazine où l'on parle de la star Viviane Sauvage et de sa fille Morgane ?

– Exact.

Roullier choisit ce moment pour sortir de son blouson le minidictaphone que lui avait confié Jack Daniels. Un sourire illuminait son visage.

– Je crois que nous tenons enfin une piste sérieuse.

Bonal désigna l'appareil.

– Qu'est-ce que c'est ?

Le capitaine rapporta l'entrevue qu'il avait eue en début de matinée.

– Maintenant, ajouta-t-il, je vais vous faire écouter le rapport du détective privé. Je vous demande d'être très attentifs.

Il enclencha le dictaphone. La voix fatiguée de Daniels emplit l'espace durant quelques minutes. Le capitaine interrogea ses hommes du regard une fois l'appareil éteint.

– Alors ?

Jimenez fut le premier à réagir.

– Daniels dit que le gérant regagne la station. Juste avant que l'instituteur ne ressorte...

La vivacité d'esprit du stagiaire faisait plaisir à entendre.

Roullier se tourna vers Bonal.

– Très bien, téléphonez à Lyon tout de suite ! Tâchez d'en savoir plus.

Bonal quitta le bureau au pas de course, manquant heurter de plein fouet Dieu qui s'avançait, tout sourire.

– Le labo vient de me confirmer qu'il y avait bien une trace de salive derrière le timbre. Ils vont tâcher de déterminer l'ADN le plus vite possible.

– Bien, jubila Roullier. Maintenant, on refait le point.

Il marqua une pause, vérifiant qu'il avait bien l'attention de chacun.

– Allez-y, je vous écoute. Qu'avons-nous ?

Les propositions fusèrent.

– Une mère dévorée d'ambition qui utilise la disparition de sa fille pour relancer sa carrière.

– Un père accro au jeu pour qui sa fille n'est qu'un boulet qui lui rappelle son amour trahi.

Le capitaine jugea bon de rectifier le tir.

– Gardez votre lucidité. Ne noircissez pas le tableau. On ne peut pas affirmer que Damien Admentis déteste sa fille. Poursuivons !

– Un enquêteur privé qui suit la petite et son père.

– Oui, mais il ignore que le capitaine a une fille, corrigea Lacroix, il ne peut donc pas avoir écrit la lettre anonyme.

Garnier n'était pas de cet avis.

– Un bon privé est au courant de beaucoup de choses. Il se peut que Viviane Sauvage lui ait parlé de la présence d'Inès.

– Un gérant de station-service qui a tous les jours le visage de la vedette et de sa fille sous les yeux, s'écria soudain une voix enthousiaste.

Roullier leva la main.

– Stop ! Répétez ce que vous venez de dire !

Tous les regards convergèrent vers le stagiaire Jimenez qui bafouilla :

– Euh... Je disais que le gérant vendait les magazines dans lesquels Viviane Sauvage...

Le capitaine s'exclama avec enthousiasme :

– On tient un truc.

Inès ôta ses écouteurs. Elle n'avait jamais vu son père dans un tel état. De nouveau, ce dernier encouragea ses troupes.

– Qu'avons-nous sur le gérant ? J'écoute !

– Il a pu reconnaître Morgane. Il l'avait vue dans les revues qu'il vend dans sa station.

– C'est un homme, comme l'auteur de la lettre anonyme.

– Et qui a utilisé un magazine pour la rédiger.

– Il était là le matin où nous avons débarqué. Il a vu Inès qui vous accompagnait et il sait que c'est votre fille.

– Il connaît les angles morts des caméras de la station.

– Il était dehors au moment où Morgane a disparu.

– La lettre anonyme est arrivée après notre deuxième visite à la station-service.

À cet instant précis, Bonal revint dans le bureau. Il criait presque.

– Ça se précise ! L'instituteur m'a confirmé que le gérant n'était pas là lorsqu'il a voulu régler. Il y avait seulement la femme à moitié endormie près de la machine à café. Il a attendu le retour du gérant pour payer.

Roullier regarda les membres de l'équipe les uns après les autres.

– Bon sang, dites-moi que tout ça a du sens ?

Personne ne le contredit. Chacun était en train de dérouler son propre film dans son esprit. Roullier décida de dévoiler le sien à voix haute.

– Voilà comment je vois les choses. Notre gérant… Comment s'appelle-t-il déjà ?

– Frédéric Clément, souffla Lacroix.

– Clément a depuis pas mal de temps le visage de la petite Morgane sous les yeux et soudain paf ! La voilà qui débarque dans sa station à 3 heures du matin. Il n'hésite pas, Psycho Pat nous a dit que c'était un impulsif, il l'enlève.

Sonia leva le doigt pour prendre la parole.

– Il nous manque un mobile sérieux, le procureur ne marchera jamais avec nous sans un mobile.

– Il a peut-être des dettes ? proposa quelqu'un.

Mais Dieu avait sa réponse toute prête.

– Sauf qu'à ce jour nous n'avons toujours pas de demande de rançon.

– De plus sa station marche, ajouta Jimenez, elle va être agrandie.

– Et où aurait-il bien pu cacher la petite ? demanda Mélaine Jacobi. Nous avons fouillé partout et les chiens n'ont rien trouvé.

Un silence pesant emplit la pièce.

– Il faut chercher dans son passé, proposa Roullier. Il y a sûrement quelque chose qui nous a échappé. Qui s'est occupé de glaner des renseignements sur Clément ?

Jimenez leva le bras.

– Moi. Mais je ne suis remonté que trois ans en arrière, l'année où il a repris la gérance de la station.

Le capitaine se tourna vers Garnier et Lacroix.

– Allez-y, remontez plus loin. On se retrouve tous ici à midi.

Puis, s'adressant à Bonal :

– Lieutenant, prévoyez des sandwichs et des boissons pour tout le monde.

– Bien patron.

La pièce se vida et Inès resta seule avec son père. Il s'approcha d'elle et lui caressa les cheveux. Elle avait déjà compris ce qu'il allait lui demander.

– Ma chérie, tu ne peux pas rester ici plus longtemps. Les choses vont devenir... Comment dire ?

– Plus sérieuses ? proposa Inès.

– C'est ça, plus sérieuses. Et je dois être disponible à cent pour cent. Mélaine va te raccompagner à la maison. Tu t'enfermes à clé et tu n'ouvres à personne. C'est bien compris ?

– Oui.

– Je viens te chercher plus tard. C'est promis.

Inès se serra contre lui.

– Papa, ce qui s'est passé tout à l'heure dans ton bureau...

– Oui ?

– C'était super. Moi aussi plus tard je veux devenir policière !

Roullier éclata d'un rire libérateur.

– C'est ta mère qui va être contente.

L'attente était insupportable. Il était plus de 13 heures et Garnier et Lacroix n'étaient toujours pas là.

– Mais où peuvent-ils bien être ? pesta Bonal en terminant son sandwich au pâté.

Soudain les deux hommes apparurent au bout du couloir.

– Désolé d'avoir été si long, s'excusa Garnier, mais lorsque vous verrez ce que l'on vous rapporte vous ne serez pas déçus !

Le policier saliva en voyant la pile de sandwichs.

– Riche idée que vous avez eue là. Je meurs de faim.

Mais Roullier se chargea de le ramener à la réalité.

– Vous mangerez plus tard ! Racontez-nous plutôt ce que vous avez trouvé.

Le brigadier Garnier ouvrit son carnet de notes en jetant un regard noir sur Lacroix qui s'apprêtait à mordre à pleines dents dans un jambon-beurre.

– Bon, alors voilà. Avant de prendre la gérance de la station, Frédéric Clément vivait en Guyane. Il y dirigeait une petite entreprise d'électricité. Et devinez quoi ?

Une fois de plus, Jimenez répondit à la question à mille euros.

– Il avait une fille de l'âge de Morgane.

– Qui aurait eu l'âge de la petite Admentis, rectifia Garnier. Sa fille avait six ans lorsqu'elle est décédée dans un accident de la route. C'est la mère de la petite qui conduisait.

– Que s'est-il passé ? demanda Roullier.

– Elle a raté un virage et le véhicule est tombé dans une rivière. La mère s'en est sortie avec quelques fractures mais la petite s'est noyée.

– Quelle histoire terrible ! marmonna Sonia.

– Et ensuite ? insista Roullier.

– Clément a vendu son entreprise et a quitté la région dans le mois qui a suivi l'accident. Il n'a pas divorcé, il est juste parti.

– C'est à ce moment qu'il a pris la gérance de la station-service.

– Exact. Et devinez quoi ?

Tous se tournèrent vers Jimenez mais celui-ci n'avait aucune réponse à proposer.

– Sa fille aurait fêté ses neuf ans hier, conclut Garnier.

Le capitaine interrogea longuement Psycho Pat du regard.

– C'est sans doute notre homme, répondit cette dernière. De manière générale, si vous ne parvenez pas à extérioriser votre souffrance, vous êtes fichu. La souffrance vous rongera de l'intérieur. Et elle resurgira un jour ou l'autre. Au moment où vous vous y attendez le moins.

– Ce qui en clair signifie ?

– Il est possible que Clément n'ait toujours pas fait le deuil de son enfant. C'est pour cette raison qu'il n'a pas divorcé et qu'il n'a pas recommencé sa vie. Il est persuadé qu'un jour ou l'autre, il ramènera sa fille auprès de sa mère.

Lacroix posa alors un fax sur le bureau. On y voyait une fillette aux boucles blondes poser en souriant devant une cascade.

– J'ai pu m'entretenir avec la femme de Clément, dit-il après avoir avalé la dernière bouchée de son sandwich. C'est elle qui m'a faxé l'image. Il s'agit de leur fille, quelques mois avant l'accident...

– Incroyable ! s'exclama Jimenez. On dirait des sœurs jumelles.

Le capitaine Roullier fut le premier à réagir.

– Allez me chercher Clément, annonça-t-il en soupirant, j'ai quelques questions à lui poser.

17

« Je ne marche plus droit,
Je fais n'importe quoi.
J'ai devant moi un mur qui m'empêche d'avancer.
Le réveil est brutal,
Les nuits baignées de larmes.
Et je suis la coupable à condamner. »

Amel Bent, *Le droit à l'erreur*

18 heures.

Depuis presque vingt minutes Frédéric Clément leur faisait face dans les locaux de la brigade sud. Impassible.

Dans la pièce se trouvaient Garnier et Lacroix qui s'étaient vu octroyer le rôle des méchants. Ils étaient chargés de mettre la pression sur le suspect, de l'épuiser, de le faire craquer nerveusement. Psycho Pat jouerait le rôle du gentil. Grâce à sa formation, elle savait entrer en confiance avec le plus réfractaire des délinquants, et de plus c'était une femme. Roullier, pour sa part, jouerait le rôle d'intermédiaire. Tantôt noir, tantôt blanc. Tantôt caressant, tantôt égratignant.

Psycho Pat avait offert un café à Clément, afin de créer un lien avec lui mais surtout de récupérer un peu de sa salive.

Discrètement, Sonia avait récupéré le gobelet dans la poubelle et l'avait aussitôt envoyé au laboratoire de la police scientifique.

Le capitaine se dit que la partie s'annonçait difficile et qu'ils allaient devoir jouer serré, mais ce n'était pas pour lui déplaire.

Il décida d'avancer son premier pion pour observer la réaction de Clément.

– Pourquoi ne pas nous avoir dit que vous n'étiez pas dans la station au moment où la petite Morgane Admentis a été enlevée ?

Le gérant feignit la surprise.

– Ça y est, vous savez que c'est un enlèvement. Ce n'était donc pas une fugue ?

Le capitaine avait prévu le coup, sa riposte était toute prête.

– Ce n'est pas moi qui le dis, c'est vous. Écoutez...

Il appuya sur le bouton d'un enregistreur.

– *Police secours, j'écoute.*

– *Bonjour madame. C'est pour vous signaler un enlèvement !*

– *De quoi s'agit-il au juste monsieur ?*

– *Eh bien, une petite fille...*

Puis stoppa l'appareil.

– Vous vous rappelez ? C'est l'appel que vous avez passé le soir de la disparition de la fillette. Pourquoi avoir évoqué spontanément un enlèvement ? Vous auriez pu signaler une disparition.

Clément répondit sans trembler.

– Je ne sais pas. Ça m'est venu comme ça... Vous n'arrêtez quand même pas les gens parce qu'ils disent un mot à la place d'un autre ?

– Qui parle d'arrestation ? intervint Psycho Pat d'une voix douce. Vous êtes ici parce que nous voulons juste vous poser quelques questions.

Lacroix se pencha par-dessus la table et lui lança :

– À propos de question, commence par répondre à la première qu'on t'a posée !

– Quelle était la question déjà ?

– Pourquoi ne pas avoir dit que vous étiez dehors au moment où la fillette a disparu ? répéta Roullier.

De nouveau, Clément répondit avec calme.

– Parce que personne n'a jugé utile de me le demander. Je ne vais pas vous apprendre votre boulot quand même.

Roullier adressa un signe de tête à Psycho Pat et ils quittèrent la pièce, laissant le gérant en compagnie des deux brigadiers.

– Ça risque d'être plus long que prévu, déclara le capitaine sitôt sorti.

– Il est froid et calculateur, la plupart des grands criminels le sont.

– Sauf que Clément n'a, pour l'instant, rien d'un grand criminel.

– Je sais. Mais il ne lâchera rien, il est convaincu de son bon droit. Dans son esprit Morgane est devenue sa fille. Effectivement, ça va nous prendre du temps pour lui faire avouer où il l'a enfermée.

Roullier se dirigea vers le téléphone le plus proche.

– J'ai compris. J'appelle chez moi pour prévenir Inès que je risque de rentrer tard…

Tandis que le capitaine téléphonait, Sonia s'avança dans le couloir et s'approcha de Psycho Pat.

– Vous aviez raison. Clément est persuadé qu'il va ramener sa fille chez lui. Regardez ce que les gars qui perquisitionnaient à son domicile ont trouvé.

Elle lui tendit une enveloppe au sigle d'une compagnie aérienne.

– Il a réservé deux places sur le vol de demain pour la Guyane.

La psychologue observa les deux billets.

– C'est incroyable, dit-elle après un court instant, comment a-t-il pu réserver une place au nom de sa fille ?

Mais Dieu avait réponse à tout.

– Il doit encore posséder sa carte d'identité. Les fillettes se ressemblent comme deux gouttes d'eau, personne ne se serait douté du moindre subterfuge.

Le capitaine revint auprès des jeunes femmes. Il était blême.

– Vous vous sentez bien ? demanda Sonia.

– Inès ne répond pas, marmonna Roullier.

– Calmez-vous, lui conseilla Psycho Pat, vous vous êtes déjà affolé pour rien la dernière fois.

Sonia tenta de le rassurer.

– Elle a tout simplement ses écouteurs sur les oreilles.

Roullier hyperventila.

– Vous avez sans doute raison. Je vais quand même envoyer une patrouille pour m'assurer que tout va bien.

Sonia le devança.

– Laissez, je m'en occupe. Retournez plutôt à l'interrogatoire de Clément, lui faire avouer où il détient la petite.

– Ça marche. Appelez-moi dès que vous aurez de ses nouvelles.

Sonia était déjà loin.

– Bien entendu patron ! s'exclama-t-elle du bout du couloir.

Lorsqu'ils revinrent dans la pièce, Lacroix criait au-dessus de la tête du gérant :

– Toi seul connais les endroits de ta station que les caméras ne peuvent pas filmer !

Garnier hurla à son tour.

– Allez avoue ! On sait pour ta gamine qui est morte noyée et on est désolés, mais Morgane n'est pas ta fille !

– Où est-elle ? éructa Lacroix à quelques centimètres de son oreille.

Frédéric Clément n'exprimait toujours pas la moindre émotion.

« On ne l'aura jamais comme ça, se dit Roullier, il a compris qu'on n'avait rien de concret contre lui. »

Il décida alors de tenter un coup de bluff.

– Monsieur Clément, l'ADN que nous avons retrouvé sur la lettre anonyme est le même que celui qui était sur le gobelet de café que vous venez de boire.

– Si vous le dites... se contenta de déclarer Clément.

Roullier marqua une courte pause avant de porter l'attaque suivante.

– C'est bizarre, monsieur Clément, que vous ne me demandiez pas de quelle lettre anonyme je suis en train de vous parler ?

À cet instant, la porte s'ouvrit et Sonia passa sa tête par l'entrebâillement.

– Hum, capitaine... Je peux vous parler ?

– Continuez sans moi, annonça Roullier à ses adjoints, je reviens tout de suite.

Il la rejoignit à l'extérieur de la pièce. Elle paraissait bouleversée.

– L'équipe de police qui s'est rendue chez vous vient de nous appeler.

– Alors, Inès va bien ?

La voix de Dieu se fit hésitante.

– Hum... C'est que...

– Bon sang, ne tournez pas autour du pot ! s'énerva Roullier. Que se passe-t-il ?

– Inès a été enlevée !

18

« J'ai rencontré une petite sœur, qui vaut vraiment le coup...
Elle et moi on fait les choses, elle me sourit beaucoup. »

Raphaël, *Poste restante*

Inès ouvrit difficilement un œil, le deuxième ne suivit pas. Autour d'elle, tout n'était que ténèbres et pourtant elle sentait une présence à ses côtés.

– Il y a quelqu'un ? articula-t-elle avec difficulté.

– Oui, répondit une petite voix.

– Morgane, c'est toi ?

Une main se posa sur le bras d'Inès. Elle tremblait.

– Comment connais-tu mon prénom ?

– Je vais tout te raconter, mais avant j'ai besoin de savoir s'il y a longtemps que je suis ici...

Il y eut un silence. Morgane réfléchissait.

– Je ne sais pas trop, répondit-elle enfin en hésitant, je dirais deux ou trois heures...

Inès tenta de se redresser mais sa tête était trop lourde et elle se résigna à demeurer un moment encore allongée sur le dos.

– Tu as faim ? s'inquiéta Morgane.

– Pas vraiment. Mais si tu as de l'eau, c'est volontiers...

– Je reviens.

Inès perçut du bruit sur sa gauche. Morgane se déplaçait à tâtons, tentant de retrouver l'une des bouteilles éparpillées dans la pièce.

– Ce ne serait pas plus facile d'allumer la lumière ? proposa Inès.

– Il n'y en a pas. Et ma lampe torche ne marche plus.

– Cool. Peux-tu me dire où on se trouve ?

– Dans une sorte de puits, répondit la fillette. Ah ça y est, je l'ai !

De nouveau, Inès perçut les mouvements de Morgane qui revenait vers elle.

– Une sorte de puits ? s'inquiéta-t-elle.

– Oui. Et avec très peu d'air à l'intérieur.

– Un peu comme une tombe ?

Au moment même où elle disait cela, Inès réalisa qu'elle commettait une bourde. Elle tenta de se rattraper.

– Heureusement que j'ai un moyen de nous sortir de là.

Morgane lui cala la bouteille d'eau entre les mains.

– Je suis encore trop dans les vapes pour me débrouiller toute seule, murmura Inès. Il va falloir que tu m'aides.

– D'accord.

L'eau était fraîche et cela lui fit le plus grand bien. Morgane lui en aspergea aussi le visage. Inès sentit ses forces revenir.

– Tu as dit que tu avais un moyen de nous faire sortir d'ici...

– Fouille dans ma poche, lui ordonna Inès, tu vas trouver un téléphone portable.

Le cri de la fillette résonna dans le noir.

– Ça y est, je l'ai !

– Il ne reste plus qu'à composer le numéro que je vais te donner.

Il y eut la musique caractéristique de la mise en marche de l'appareil, mais elle fut aussitôt suivie par un soupir de découragement.

– Que se passe-t-il ? s'inquiéta Inès.

La voix de Morgane était remplie de déception.

– Il n'y a pas de réseau. On ne peut pas passer d'appel !

19

« Viens vite au fond de la piscine,
Repêcher ta petite sardine,
L'empêcher de se noyer. »

Isabelle Adjani, *Pull marine*

Les hommes faisaient bloc autour de leur supérieur. Pour le réconforter certes, mais surtout pour l'empêcher de se précipiter dans la pièce où se tenait Clément. Lacroix et Garnier poursuivaient l'interrogatoire, sans parvenir à le déstabiliser.

– Lâchez-moi ! hurla Roullier en se débattant. Je sais comment le faire parler !

Psycho Pat s'approcha et posa sa main sur la poitrine du capitaine.

– Non, pas comme ça. Vous allez réduire à néant le travail de toute l'équipe. Si vous le frappez, c'est foutu.

– Il a kidnappé ma fille !

– Je sais. Et je vous promets qu'on va l'avoir, mais dans les règles. En respectant la loi.

Au même moment, Bonal arriva. Il tenait une feuille de papier qu'il tendit à son supérieur.

– La patrouille de police qui s'est rendue chez vous l'a trouvée sur la table du salon.

Roullier s'en empara et reconnut aussitôt l'écriture de sa fille. Il lut le message à haute voix.

– « Papa, j'ai décidé de t'aider à ma façon dans ton enquête. Si le ravisseur de Morgane met sa menace à exécution, il viendra certainement me chercher ici. Tu n'auras alors qu'à suivre le signal que laissera le portable de Mélaine (c'est ce qu'ils font dans les feuilletons américains que tu détestes, ça marche à tous les coups). Je t'aime. Inès. » Bon sang ! Je lui avais dit de n'ouvrir à personne !

– Elle n'a pas ouvert, intervint le lieutenant, la porte a été enfoncée.

Bonal sortit un sachet plastique de sa poche. À l'intérieur se trouvait un morceau de coton.

– On a aussi retrouvé ça. Chloroforme.

– Où est Mélaine ? demanda le capitaine.

La jeune femme s'avança.

– Je suis là, chef.

– Vous lui aviez confié votre portable ?

– Pas du tout, s'offusqua la jeune femme, elle a dû me le prendre sans que je m'en rende compte. Je l'avais laissé dans mon sac...

Roullier se précipita sur le téléphone le plus proche.

– Rappelez-moi votre numéro !

Il tremblait sous l'effet cumulé de l'émotion et de la colère. Mélaine Jacobi lui prit le combiné des mains.

– Je vais le faire...

Elle composa son numéro et attendit, l'écouteur sur l'oreille.

– C'est bizarre, dit-elle au bout d'un moment, il n'y a pas de tonalité.

Roullier se tourna vers Dieu.

– C'est quoi au juste cette histoire de signal ?

– Votre fille n'a pas tort. Un portable, même éteint, laisse toujours une trace. La puce qu'il contient émet une fréquence en permanence.

– Vous pouvez vous occuper de ça ?

– Pas de problème patron, répondit-elle en filant vers le local technique, dans moins d'un quart d'heure nous saurons où se trouve Inès.

– Il n'y a plus qu'à attendre, murmura Bonal.

– Et à espérer, ajouta Roullier tout en se promettant de s'occuper personnellement de Frédéric Clément si ce dernier avait osé toucher à un seul cheveu de sa fille.

– Est-on bien sûrs que c'est lui qui a fait le coup ? demanda Bonal.

– En tout cas, répondit Mélaine Jacobi, il en a eu le temps. J'ai déposé Inès aux alentours de midi et on a récupéré Clément à 17 h 30 dans son logement de fonction au-dessus de la station.

Le temps de boire un café et Sonia était déjà de retour.

– C'est à n'y rien comprendre, déclara Dieu, on ne reçoit strictement aucun signal du portable de Mélaine !

Roullier se prit la tête entre les mains.

– Bon sang, ce n'est pas possible ! On ne disparaît pas comme ça ! Sans laisser de trace…

Au même moment, la porte de la salle d'interrogatoire s'ouvrit. Garnier et Lacroix en sortirent. Psycho Pat apparut à son tour et s'avança jusqu'à Roullier qui patientait, plus nerveux que jamais.

– Il veut vous parler, dit-elle d'une voix lasse. Il ne veut parler qu'à vous.

Roullier hésita. Bonal posa la main sur son épaule.

– Gardez bien en mémoire qu'il va tout faire pour vous déstabiliser. Si vous le frappez, il a gagné. Vous arriverez à vous contrôler ?

– Je vais faire mon possible pour ne pas lui sauter à la gorge, déclara Roullier en pénétrant dans la salle.

– Tenez-vous prêt à intervenir, murmura le lieutenant, avec lui on ne sait jamais...

Roullier referma la porte et s'assit face à Clément sans prononcer la moindre parole. Sans même un regard dans sa direction.

– Comment allez-vous, capitaine ? lança le gérant sans la moindre ironie.

– Je suis fatigué.

– Moi aussi je suis fatigué, vos hommes ne m'ont laissé aucun répit. Mais je suis heureux malgré tout.

Roullier ne réagit pas.

– Vous ne voulez pas savoir pourquoi je suis heureux ? insista Clément.

– Bien sûr que si, expliquez-moi donc pourquoi vous êtes heureux !

– Parce que je retourne chez moi. C'est la raison pour laquelle je vous ai demandé de venir, je ne voulais pas partir sans vous dire au revoir. J'ai été enchanté de faire votre connaissance.

Roullier s'engouffra dans la faille.

– Ça doit être difficile pour vous de rentrer seul. Vous devez vivre cela comme un échec personnel. Votre femme risque d'être très déçue.

Clément perdit soudain de sa superbe. Sa main droite frappa le dessus de la table.

– Je ne rentre pas seul ! hurla-t-il. Ma petite fille m'accompagne.

– Votre fille est morte il y a trois ans, martela Roullier. Elle s'est noyée et vous n'avez rien pu faire pour la sauver. Vous devrez vivre avec ça pour le reste de votre vie et vous le savez parfaitement.

La lèvre supérieure du gérant se mit à tressauter.

– Ma fille est morte noyée ? répéta-t-il les yeux humides.

– Oui ! répondit Roullier.

Le visage du gérant opéra alors une incroyable volte-face. Les larmes disparurent aussi vite qu'elles étaient venues et laissèrent place à un regard inexpressif. Puis il déclara en fixant le capitaine dans les yeux :

– Alors votre fille mourra aussi noyée. Et Morgane Admentis également.

C'est le moment que choisit Roullier pour se lever et quitter la pièce.

Psycho Pat fut la première près de lui.

– Alors ?

– Alors, il est en train de perdre les pédales, répondit Roullier. Il raconte que ma fille va mourir noyée comme la sienne.

La psychologue grimaça.

– Il se peut au contraire qu'il soit très lucide et qu'il nous lance un dernier message.

Roullier fronça les sourcils.

– J'ai du mal à vous suivre.

– La personnalité de Clément est en train de se scinder en deux. Une partie accepte totalement ses actes insensés et l'autre se rend compte que ce qu'il fait est mal. C'est cette partie-là qui le pousse à nous livrer un indice sur le lieu où Morgane et Inès sont séquestrées.

– D'accord, approuva Roullier. Et comment interpréter cet indice ?

– Si nous n'intervenons pas, Inès et Morgane vont mourir à cause de lui et ensuite plus rien ne pourra l'arrêter. La partie culpabilité s'effacera totalement et il s'en prendra à toutes les gamines qui auront le malheur de croiser sa route.

– Oui, mais où chercher ? demanda Bonal.

– Toutes les pistes nous ramènent à la station-service, déclara Roullier en décrochant son blouson de cuir. Allez, plus de temps à perdre. On fonce !

20

« Mais je connais l'histoire, il est déjà trop tard. Dans son regard, on peut apercevoir qu'elle se prépare au long voyage. »

Kyo, *Dernière danse*

Les membres de la brigade sud se tenaient sur le parking de la station-service. Immobiles. Devant eux, les maîtres-chiens détachèrent les bergers allemands qui partirent en zigzaguant, à la recherche d'une piste.

Le ciel était bas, tapissé de lourds nuages opaques aux couleurs de soufre.

– Allons-y ! lâcha Roullier.

Les policiers se mirent à leur tour en mouvement. Laissant un espace de deux mètres entre eux, ils progressèrent vers le bâtiment, les yeux rivés au sol.

Ils arrivèrent en une même ligne unie à l'entrée de la station.

– Alors ? questionna Roullier à voix haute.

De partout la même réponse lui revint, se confondant en un écho sinistre.

– Rien !

– Et du côté des chiens ? insista-t-il.

– Rien non plus ! répondit un maître-chien qui venait de récupérer son animal.

À cet instant, l'attention du capitaine fut attirée par un immense camion-citerne qui pénétrait sur l'aire de stationnement. Il s'immobilisa dans un crissement de freins sinistre. Un solide gaillard habillé aux couleurs de l'enseigne de la station-service en descendit et entreprit de dérouler un énorme tuyau.

C'est alors que Roullier se rappela le détail qui lui avait échappé le premier jour. Il se tourna vers Bonal.

– Jimenez est avec nous ?

– Oui, pourquoi ?

– Faites-le venir, vite !

Le stagiaire accourut.

– C'est bien vous, Jimenez, qui nous avez dit que la station allait s'agrandir ? lui demanda Roullier.

– Oui c'est bien moi, confirma le jeune policier.

– En quoi cela consiste au juste ?

Jimenez désigna une plate-forme de ciment fraîchement coulée d'où dépassaient une multitude de tuyaux.

– Voyez, c'est là. Ils vont ajouter six nouvelles pompes à la fin de la semaine.

L'homme avait maintenant fixé le tuyau à une embouchure qui émergeait d'une pelouse située à une vingtaine de mètres de son camion. Vers lequel d'ailleurs il s'en retournait d'un pas tranquille.

– Est-ce que les cuves existantes sont suffisantes pour alimenter les nouvelles pompes ? insista Roullier.

– Non, répondit Jimenez perplexe, je suppose qu'on a dû en installer une autre.

Soudain, tout fut clair. Roullier comprit enfin ce que voulait dire le gérant en parlant de noyade. Il fonça vers le camion-citerne.

Le stagiaire qui avait suivi le raisonnement de son supérieur s'élança derrière lui. Au loin, il vit le livreur qui s'apprêtait à ouvrir la vanne installée sur le côté du véhicule.

– Non, hurla Roullier, ne faites pas ça !

Mais l'homme n'entendait rien. Le bruit du moteur qu'il avait laissé en marche couvrait les cris. Il débloqua la sécurité de la vanne et s'empara du volant à deux mains.

– Non, non, arrêtez ! cria Roullier à bout de souffle.

Le fracas d'une détonation figea le temps l'espace d'une poignée de secondes. Puis une nuée de corbeaux s'envola du champ voisin. Le livreur s'était immobilisé les mains posées sur la vanne, tout désir de l'ouvrir envolé aussi sûrement que les oiseaux noirs de mauvais augure.

Le capitaine Roullier se retourna.

Jimenez se tenait derrière lui. Les jambes écartées, la main droite levée vers le ciel. Son arme de service encore fumante ne laissait planer aucun doute sur l'auteur du coup de feu.

– Police ! hurla-t-il à l'adresse du chauffeur d'un air satisfait. Ne bougez plus !

Roullier déverrouilla la trappe en priant pour que son intuition soit la bonne. Lorsqu'il vit les têtes des deux filles apparaître dans le rond de lumière, son cœur se remit à battre normalement. Il tendit la main. Inès poussait déjà la petite Admentis vers l'échelle d'acier.

– Allez, sortez vite de là. Le cauchemar est terminé.

Sitôt dehors, Inès se précipita dans les bras de son père. Derrière eux, Mélaine Jacobi couvrait Morgane avec une couverture et Bonal composait le numéro de la brigade sur son portable.

– C’est bon, dit-il simplement, on les a trouvées !

Inès n’en finissait plus d’embrasser Gabriel.

– Tu en as mis du temps ! lui souffla-t-elle à l’oreille.

Il la serra plus fort encore.

– Désolé, j’ai eu un léger contretemps. Tu n’as pas eu trop peur ?

– Pourquoi aurais-je eu peur ? crâna Inès. Tu avais promis de revenir me chercher !

21

« Et lorsque je m'endors,
Elle veille et tourne encore,
Elle tourne à l'infini,
Elle retourne à la vie. »

I Muvrini, *Elle veut*

Comme à son habitude, Inès hurla à travers l'appartement.

– Papa ! Je peux appeler maman ?

Gabriel partit à sa recherche et la trouva en train d'enfiler un pull dans la salle de bain.

– Hum, si c'est pour lui parler de ton enlèvement, je ne suis pas sûr que ce soit une bonne idée…

Mais Inès n'était pas sotte.

– C'est un secret qui restera toujours entre toi et moi. Je voulais juste lui dire qu'on a retrouvé Morgane.

– Dans ce cas, c'est d'accord.

Puis il repartit en cuisine.

– Qu'est-ce que tu veux manger ce soir ? lança-t-il en l'air.

– Hamburger-frites avec du Coca !

Gabriel revint sur ses pas. Sitôt qu'Inès vit la tête de son père apparaître, elle éclata de rire.

– Je plaisante papa ! Fais ce que tu veux, ça m'ira très bien.

Gabriel fut rassuré. La soirée s'annonçait tranquille. Il regagna la cuisine.

Il mettait la table lorsqu'Inès lui tendit le combiné.

– Maman veut bien te parler à condition que tu promettes de ne pas lui raccrocher au nez.

Gabriel prit l'appareil du bout des doigts.

– Tout dépend d'elle…

Sarah avait entendu.

– C'est bon, dit-elle d'une voix douce. Je ne t'agresserai pas. Inès m'a raconté pour la fillette qui a été enlevée.

– Ah…

Il y eut un silence.

– Maintenant que tu as accompli ta mission, poursuivit Sarah, je suppose que tu vas enfin t'occuper de ta fille.

– Oui, répondit Gabriel, j'ai posé trois jours de congé.

– Alors je vous souhaite de très bonnes fêtes de fin d'année.

Il raccrocha, la tête dans les nuages. Des nuages lourds et noirs. Par moments, Sarah lui manquait terriblement.

Inès s'approcha.

– Alors, comment ça s'est passé entre vous cette fois ?

– Super, répondit-il simplement.

– Bon alors tout va bien. Qu'est-ce qu'on mange ?

Gabriel fila vers la cuisine.

– C'est une surprise. Installe-toi, j'arrive.

Lorsqu'Inès vit arriver l'assiette contenant le hamburger-frites, elle n'en crut pas ses yeux.

– Désolé pour le Coca, mais je suis en rupture de stock, annonça Gabriel avec un sourire amusé.

Inès lui sauta au cou.

– Papa t'es génial ! Je t'adore !

Gabriel se dit que le génie tenait à peu de chose. Mais il apprécia l'instant à sa juste valeur. Même si la trêve ne durait qu'un temps, elle aurait eu le mérite d'exister.

– Que va-t-il se passer ? demanda Inès en avalant une frite.

– Comment ça ?

– Je veux dire pour Morgane et pour le gérant. Que va-t-il leur arriver ?

Gabriel consulta sa montre. Il était 21 heures précises.

– Eh bien à l'heure qu'il est, Morgane a dû quitter l'hôpital où on l'avait conduite pour un bilan de santé et elle doit être auprès de ses parents.

– Lequel ? insista Inès. Son père ou sa mère ?

– Aucune idée. C'est Bonal qui s'occupe de tout ça maintenant, je suis officiellement en vacances depuis plus d'une heure. Une chose est sûre, ce ne sera pas simple pour Morgane.

– Et Clément ?

– Il va être poursuivi pour enlèvement, séquestration et mise en danger de la vie d'autrui. Il risque plusieurs années de prison, sauf si les psychiatres jugent qu'il n'était pas responsable de ses actes au moment où il les a commis.

– C'est-à-dire ?

– En clair si Clément est déclaré fou.

– Que se passera-t-il alors ?

Gabriel mordit dans son hamburger-fromage.

– Pourquoi toutes ces questions ?

– Parce que ça m'intéresse. Je te l'ai déjà dit, je veux devenir policière.

Gabriel manqua avaler de travers.

– Je suppose qu'on l'internera quelque part et qu'on essaiera de le soigner.

Inès s'attaqua à son hamburger.

– Dis papa, j'espère que tu n'as pas oublié ta promesse…

Gabriel hésita.

– Rappelle-moi laquelle déjà.

– Celle qui concerne la Polaroïd razzia.

– Bien entendu que je n'ai pas oublié, confirma Gabriel rassuré. Nous irons dès demain matin.

Morceau caché

« Petit papa Noël
Quand tu descendras du ciel
Avec des jouets par milliers
N'oublie pas mon petit soulier... »
Tino Rossi, *Petit papa Noël*

Inès était plantée sur le quai, elle regardait les bateaux se balancer en cadence.

Bien sûr, il y avait les gabians énervés qui hurlaient au-dessus de sa tête, bien sûr il y avait ce mistral glacial qui s'évertuait à la transformer en iceberg, bien sûr sa mère n'était pas là, mais bon dans l'ensemble c'était plutôt un instant agréable à vivre. L'enquête était bouclée, son père allait enfin lui consacrer un peu de son temps et Noël approchait à la vitesse d'une trottinette folle.

Soudain, une main ferme se posa sur son épaule. Inès sursauta, les écouteurs faisaient parfois un filtre trop puissant à la vie extérieure. Elle se retourna en ôtant l'oreillette droite.

– Viens avec moi, lui souffla Gabriel, j'en ai repéré un près du manège à chevaux. Tu vas voir, il est parfait.

Ils remontèrent la grande avenue en riant.

– Regarde, le voilà, fit-il en désignant la tache rouge vers laquelle ils se dirigeaient.

Ils s'approchèrent en tentant de calmer leur fou rire.

C'était vraiment un père Noël minable. Ses cheveux dépassaient de sa perruque sale, sa hotte était trouée par endroits et il avait gardé ses chaussures de ville.

– C'est combien ? demanda Gabriel en se tournant vers le gars qui avait un polaroïd suspendu autour du cou.

– Quinze euros, monsieur.

Le père Noël se pencha vers le photographe et lui murmura quelque chose à l'oreille. Ce dernier rectifia aussitôt.

– Mais pour vous commissaire, ce sera cinq euros.

Gabriel ne jugea pas indispensable de corriger qu'il n'était que capitaine de police.

– Eh bien c'est d'accord, répondit-il en prenant une mine réjouie.

Inès alla se coller au père Noël et le photographe se recula de deux pas en tentant d'attirer leur attention.

Gabriel contempla sa fille. Elle avait une drôle d'allure avec son jean trop grand, ses baskets aux lacets défaits et ses cheveux en bataille, mais une fois de plus cela lui réchauffa le cœur.

– Souriez ! dit le photographe.

Le père Noël ne broncha pas, il n'en avait plus la force ; Inès, elle, lui renvoya son plus beau sourire.

Le photographe appuya sur le déclencheur et le cliché sortit dans la seconde.

Gabriel récupéra sa fille par la main gauche, la photo dans la droite et ils partirent en direction de l'église des Réformés.

– Merci pour la ristourne, lança-t-il sans se retourner.

Ils remontèrent la rue côte à côte en essayant de ne pas éclater de rire. Lorsqu'ils furent à bonne distance du point rouge et de l'appareil photo, ils s'arrêtèrent.

Gabriel ouvrit le sac de sa fille et la photo rejoignit les sept autres qui s'y trouvaient déjà.

– Joyeux Noël ma chérie, murmura-t-il en l'embrassant sur le front.

– On continue la Polaroïd razzia ? demanda Inès.

Ils avaient inventé ce jeu alors qu'elle n'avait que quatre ans et elle ne semblait pas s'en lasser. Gabriel pria pour que cela dure le plus longtemps possible.

– Si tu veux, répondit-il avec enthousiasme, j'en ai repéré un qui a l'air super tout près du square à musique.

– On y va ! cria-t-elle en forçant l'allure.

À cet instant précis, la neige commença à tomber sur la ville. Doucement. Le père et la fille s'arrêtèrent sur le trottoir. En silence, ils la regardèrent durant de longues minutes repeindre le paysage. C'était vraiment un moment exceptionnel.

Gabriel prit Inès entre ses bras et la serra contre lui.

– Ça, c'est juste le bonus, murmura-t-il tandis qu'une larme s'échappait et s'en allait mourir sur le revers de son blouson de cuir.

B. O.
Brigade sud : la disparition

1. « Rencontres », *Midi 20,* Grand Corps Malade.
2. « Rien n'est si bon », *Taxi Europa,* Stephan Eicher.
3. « La preuve par trois », *Made in love,* Zazie.
4. « Daddy », *Brut de femme,* Diam's.
5. « Elle m'a dit », *L'amour parfait,* Cali.
6. « Le fou de la reine », *Chambre avec vue,* Henri Salvador.
7. « L'appartement », *Des Visages des Figures,* Noir Désir.
8. « Rebel », *Pizza,* Alain Bashung.
9. « Betty », *Nuit d'amour,* Bernard Lavilliers.
10. « Morgane de toi », *Morgane de toi,* Renaud.
11. « Parle-moi », *Idéal standard,* Jean-Louis Aubert.
12. « Dites-moi », *Super nana,* Michel Jonasz.
13. « Garde-moi », *Garde-moi,* Steeve Estatof.
14. « J'ai demandé l'heure », *La suite,* La Grande Sophie.
15. « Au port », *Le fil,* Camille.
16. « Un homme heureux », *Sheller en solitaire,* William Sheller.
17. « Le droit à l'erreur », *Un jour d'été,* Amel Bent.
18. « Poste restante », *La réalité,* Raphaël.
19. « Pull marine », *Pull marine,* Isabelle Adjani.
20. « Dernière danse », *Le chemin,* Kyo.
21. « Vole (Elle veut) », *Alma,* I Muvrini.

   « Petit papa Noël », *Tino chante Noël,* Tino Rossi.

L'AUTEUR

Jean-Luc Luciani a grandi à Marseille. Il vit toujours avec sa famille dans cette grande cité portuaire propice aux embrouilles de toutes sortes. De là lui vient, sans doute, son attirance pour les histoires policières. Grand amateur de littérature noire, il s'efforce de développer avec *Brigade sud* une série où l'on vit de l'intérieur le déroulement de l'enquête et dans laquelle les personnages évoluent au fil des aventures.
Il partage son temps entre l'écriture et la direction d'une collection pour la jeunesse.
Il aime également aller au cinéma l'après-midi, traîner dans les cafés et fureter chez les libraires à la recherche de la perle rare.

Pour en savoir plus sur Jean-Luc Luciani, vous pouvez consulter son site : aujourlejour.free.fr

RETROUVEZ
LE CAPITAINE ROULLIER
ET SA FILLE INÈS DANS

Brigade sud : le jeu du tueur

À quel jeu mortel se livre l'assassin sous les yeux du capitaine Roullier et de sa fille Inès ? La brigade sud de Marseille enquête...

Brigade sud : le train fantôme

Le capitaine Roullier a invité sa fille Inès et son adjointe Mélaine à la fête foraine. Mais un crime a lieu dans le train fantôme et Mélaine est accusée !

Brigade sud : crime parfait ?

Le surveillant d'un internat est tué. Inès tente de recueillir des indices auprès des lycéens afin d'aider son père, le capitaine Roullier, chargé de l'enquête...

Brigade sud : la chambre vide

Pourquoi Camille a-t-elle disparu sans laisser de trace ? Inès décide de mener l'enquête en solo, à l'insu de son père… et à ses risques et périls.

Brigade sud : le tireur mystérieux

Inès a décroché un stage dans la brigade sud. Mais à peine est-elle arrivée qu'un sniper exécute des hommes apparemment sans histoire. Quel est le mobile du tueur ?

Brigade sud :
clic mortel

Alertée par la disparition de son père, Inès découvre qu'il est prisonnier et victime d'un jeu macabre sur Internet : quelqu'un veut filmer son meurtre en direct…

PAPIER À BASE DE FIBRES CERTIFIÉES

RAGEOT s'engage pour l'environnement en réduisant l'empreinte carbone de ses livres. Celle de cet exemplaire est de :
844 g éq. CO_2
Rendez-vous sur www.rageot-durable.fr

Achevé d'imprimer en France en août 2016
par Normandie Roto Impression s.a.s.
Dépôt légal : avril 2007
N° d'édition : 5223 - 01
N° d'impression : 1603434